姚鄂梅◎著

一辣解千愁

时代出版传媒股份有限公司
安徽文艺出版社

姚鄂梅,著有长篇小说《像天一样高》《白话雾落》《真相》《一面是金,一面是铜》《西门坡》等,中篇小说集《摘豆记》。作品多次列入各类小说排行榜,曾获《人民文学》奖、《中篇小说选刊》优秀小说奖等奖项。

YI LA JIE
QIAN CHOU

一辣解千愁

姚鄂梅 ◎ 著

时代出版传媒股份有限公司
安徽文艺出版社

图书在版编目（CIP）数据

一辣解千愁/姚鄂梅著.—合肥：安徽文艺出版社，2018.1
ISBN 978-7-5396-5928-2

Ⅰ.①一… Ⅱ.①姚… Ⅲ.①中篇小说－小说集－中国－当代②短篇小说－小说集－中国－当代 Ⅳ.①I247.7

中国版本图书馆CIP数据核字（2016）第281243号

出版人：朱寒冬　　　　　　　策　划：朱寒冬
责任编辑：刘姗姗　周　丽　　装帧设计：张诚鑫

出版发行：时代出版传媒股份有限公司　www.press-mart.com
　　　　　安徽文艺出版社　　www.awpub.com
地　　址：合肥市翡翠路1118号　邮政编码：230071
营 销 部：(0551)63533889
印　　制：安徽联众印刷有限公司　(0551)65661327

开本：880×1230　1/32　印张：8.5　字数：260千字
版次：2018年1月第1版　2018年1月第1次印刷
定价：28.00元

（如发现印装质量问题，影响阅读，请与出版社联系调换）

版权所有，侵权必究

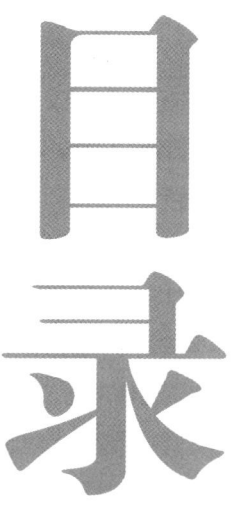

中篇小说

红　颜 / 003

一辣解千愁 / 066

辛丽华同学 / 136

短篇小说

止痛令 / 213

十八岁那年,你过得怎样? / 241

后　记 / 267

■ 中篇小说

红 颜

我从小就知道我很普通,非常非常普通,但大多数笨鸟后面都站着一个勤劳的驱鸟人,我爸就是这种人,小学阶段他陪我每周三小时上数学拓展课,初升高时分数不够他不得不出了一大笔钱,高中阶段有两个固定的家教轮番进出。眼看我这麻袋实在绣不出花来了,爸及时启动备用方案,让我上了离家较近的一所大学的体育系。烂大学,烂专业,但他说,大学只是入场券,谁管你的券怎么来的,关键还得看入场以后的表现。

大一还没结束,他就开始琢磨我工作的事,还弄了一张计划表,先结识谁,再结识谁,通过这个谁结识那个谁,最后一举搞定谁谁谁。我以为他在动那些牛哄哄的中学的脑筋,就告诉他,我更愿意去小学当体育老师。他看着我,不出声,一副成竹在胸而我根本没法跟他对话的样子。

那个计划终于在毕业前两个月揭晓,我的个人资料被写进了某家银行行长的备忘录里。

他们不知道,四年的苦练加巧练,还有后来的实习,我已经爱上了体育老师这个职业,但与他们苦心经营多年的大爱相比,我的爱显然不值一提。

为了庆祝他们的计划成功实施,爸妈专程来了趟学校,带我出去吃东坡鸡。当我无限留恋地提到那所实习小学的名字时,我妈抚着我的后背说:你要是穿上银行的制服,肯定帅翻了。爸也说,入职就跟投胎一样。还说本来可以进另一家银行的,但这家银行排名在世界五百强里面,所以就选了它。一锅东坡鸡吃完,爸又有了新的担忧,他怕人家根据我的专业安排我去干经济民警,就是我们常说的保安。我妈说:保安好,保安不担心赔钱。爸马上一脸鄙夷:在银行那种地方不干主业有什么意思?

报到那天,爸不知从哪里变出一副眼镜来让我戴上。是平光近视镜。他说眼镜能帮我抵消一点体育系的痕迹。

我总觉得人家在见到我的真身之前,就已经决定了我的岗位,果然是保安。

确定岗位后,我第一时间打了个电话,爸沉吟了半秒钟,说:不错,很好。就挂断了。

回到家,人还没落座,爸就开始不停地数落我:一定要在银行里给我打那个电话?一定要在下班前打那个电话?生怕人家不知道你不喜欢干保安?莫说你才进门,就是资深员工,也没资格挑三拣四……直到我说我是在消防楼梯上给他打的电话,他的焦虑才有所缓解。

上岗之前,先要接受为期一个月的岗前培训。除了工会的专职干部,主讲老师都是各个岗位上的负责人、各类业务能手。

我从没接触过相关知识,听得云里雾里,像刚学会走路的幼儿,猛一下子被扔进了成人会议厅。

一天,讲台上出现一个特别的身影,同样是上白下蓝的制服,在她身上就是跟人家不一样,我估计她拿了最小码的衬衣,稍一抬手,纽扣就会调皮地绽开几道小缝。裙子一望而知也是改动过的,又紧又窄,连根手指头都插不进去,每走一步,那些紧密团结的纤维都会咬紧牙关扭动一下,当她侧身站立不动时,就像根本没穿裙子,只是在身上画了一条而已。老实说,我还是觉得她这种改过的裙子带劲,跟她相比,那些女人的裙子不过是条围裙。

原来她就是洁薇,她的培训主题是如何搞好优质服务。培训第一天,领导发言时就提起过这个名字,说她是我们这里的优质服务标兵。

我认为她的标兵称号可能得益于她的长相,她天生没有零表情,不笑都很生动,比如现在,她明明是在讲解那些枯燥的条例,脸上却漾着天然笑意,黑眼珠熠熠发光,双唇弹力十足,她的笑其实与职业无关,与讨好无关,她的笑只跟她的面部肌肉有关,它们天然紧密地依附在一起,只要张嘴,立即互相牵扯,笑容于是绽开。

她说:没别的,你就想象银行是你家开的,送钱上门,还收他手续费,这么好的事还不笑脸相迎?银行又不止你一家,得罪了他,一扭身就上别家去了,再也唤不回来,多不划算。

我奇怪她还这么年轻，说起话来却有点像大妈，后来才明白，那是培训专用腔，私下里她并不这样说话。课间，她来到我们几个新员工身边，问过每个人的来历后，甩着手说：我要是你们，我才不到这里来，外面天地那么大，风光那么好，不到山穷水尽，怎么忍心回到这小地方来？

我们几个刚出校门的一起望着她，满心羞愧，我们都是被大人安排进来的，有人试图闯出去，但没几天，一个电话就给叫回来了。

年轻时不犯点错误，就等着老了后悔吧。她又说。

我们一起垂下眼皮。现在说什么都迟了。

你呢？她突然打了下我的胳膊，牛高马大的，干吗跑到我们这小旮旯来？等着吧，没几天你就拽不起来了。

她的眼睛很奇怪，两只黑溜溜的眼仁闪着冷飕飕冰晶似的光，脸上却是笑吟吟的，这一冰一火的光芒弄得我手足无措，只好去摸被她打过的胳膊。她的手可真重。

哎哟，看到没有？他脸都红了，真的红了，天哪！

我不知道我脸红了没有，我只感到有些燥热，还有些难堪。

可惜她就给我们上了那一次课，接下来的培训老师都乏善可陈，我们也听得昏昏欲睡。幸好后半月安排上柜实习，坐在老员工身边实地观摩，比坐在教室里提神多了。

岗前培训结束时，我被分到营业部做大厅保安。人事部经理专门对我说：领导希望你能给我们的经济民警们带个好头，他们一个个都太蔫儿了,太没有职业范儿了。

听了这话再去打量我的同事们,才发现那些人的确有点怪异,按说他们凑在一起,应该像一支队伍才对,但事实恰好相反,他们年龄大小不一,高矮胖瘦不一,好好的制服不是穿得瘪塌塌,就是鼓鼓囊囊像在里面塞了个棉背心,别说专业水准,连起码的精气神都没有,每逢大家一起跨上押运车,我就油然而生一种感觉,我们是一堆边角废料,一群乌合之众,统一的制服,致命性武器,不仅没有为我们增添威武,反而衬托出我们的乌合之相来。站在这样的队伍里,如果我拿出人事部经理所期望的职业范儿来,只会显得滑稽可笑。

幸好营业部里只有我一个保安,我可以在那里尽情展示我的职业范儿,而不必担心有人扯低我的分数。不用照镜子我也知道自己的模样,四年的专业练习,让我收获了一流的肱二头肌,当我收紧臀部时,连屁都休想放出来,稍一使劲,肌肉团就像一群群老鼠从全身奔跑而过。可惜这里不能穿体恤,宽大的制服像一把伞,彻底罩住了头顶上的雨,来自女人的目光雨,唯一能看出我的专业的,就只有站姿了,当我全副武装叉开双腿站到大厅里时,很多人都会不由自主地多看我一眼,还有人会哇地喊出一声来。

很快我就厌烦了,我原以为保安只需看看监视器,定时定点威风凛凛去巡视,没想到还要机器人一般站在大厅里,一早一晚稍微有点气氛的押款,也被不时有人冒出来的呵欠弄得稀里哗啦。

除了押款和营业大厅的站岗,晚上还要去金库值班,加班工资不算低,但我还是不喜欢守金库,我不喜欢睡在冷冰冰的保险柜旁边,也不喜欢睡在监视器下面,这两样东西弄得我即便只有一个人时也会手足无措。

到岗三个月以后,我感到我的肌肉开始变软,与此同时,我的皮带往外移了两个孔。我开始怀念实习期间当体育老师的日子,在那里,永远别想像现在这样不说话不走动地站在某个地方,那些女生,尽管才上初中,已经发育得非常好了,言谈举止却又像天真烂漫的儿童。这里的女人是什么样的呢?她们中大多数人做了妈妈,稍一得空,就聊起了家务和孩子,少数几个没结婚的,不是木讷寡言,就是跟结了婚一样,眼里全是凡俗事务。总之,大厅里虽然阴凉宜人,我却无时无刻不感到枯燥乏味。

有一天,大厅经理换了个人,老远我就认出来了,是洁薇,她正在笑着向我挥手。我顿觉浑身一震,与此同时,我竟连前任大厅经理什么模样都想不起来了。

她继续穿着她独一无二的小裙子。紧窄的裙身并未拘住她,相反,她机敏得像只羚羊,裸露在短裙下的腿,一看就弹跳力十足,就连她的手指,都是指头圆圆手掌薄薄易于爆发的那种类型。

她不像柜台里面的那些女员工,只肯偷眼看我,或是假装对偷看我根本不感兴趣,只要她面前没有客户,她就抬起面带天然微笑的面孔,两眼直勾勾地盯着我,像小孩子发现了最爱的吃食。开始我很慌乱,直到她有一次向我勾了勾手指,我走过去,她小声说:为什么你头上要顶一根线头?

这就是我们的制服,有点像油画:远看一幅画,近看鬼打架,要非常小心,才不会掉线头和掉纽扣。

从这以后,我们就彻底平等了,她不再是当过我老师的资深员工,我也不再是新入行必须处处小心谨慎的小毛头。

有一次我们闲聊,她说到某个明星:门牙上居然有个嗑瓜子洞,一下子拉低了在我心目中的档次。

我立即抛出困扰多时的问题:说到牙齿,为什么你这个年纪的人还有一口四环素牙呢?她飞快地给了我答案:我妈在卫生局工作,分管药品药材,又喜欢占便宜。

我拼命忍住笑,趁机打量她毫无赘肉的双腿,以及紧窄的小裙子:就不怕你的裙子突然爆裂?

怕什么?里面还有安全裤呢。我实在不能容忍宽松的裙子和裤子,就像没穿衣服一样。

跟一个尚无深交的异性同事说自己的妈分管药品药材又爱占便宜,还说起安全裤、没穿衣服什么的,实在让我应接不暇。不过,我喜欢这种豪放,除此以外,我还感到一种莫名的兴奋,就像一束噼啪作响的火把,即便站在两米开外,我仍然能感觉到从她身上传来的源源不断的热能。

我发现就你一个人把裙子改成这样。

她得意地撇了下嘴:你以为什么人都能穿得下这种铅笔裙吗?百里挑一我告诉你,你有幸站在百里挑一的好身材面前。说着,一只手指朝下,往自己身边指了指:你非要站在那边吗?站到这边来吧,没事我们还可以说说话。

虽然我的位置是保卫部经理特别指定的,但她一说,我还是乖乖地换了过来。

实际上,调换位置后,并没有增加多少聊天的机会,我才发现,客户们是如此离不开大厅经理,很多问题纯属明知故问,还是非要凑到她桌前来问一下,确定一番。她也不嫌烦,人家一过来,就笑吟吟地站起来打招呼:就知道你今天要来,不过比平时晚了半个钟头哦。要不就是:不是要明天才来入账的吗?怎么提前了?明天单位体检?难怪呢。她不仅认识绝大多数单位的财务人员,还熟知一部分人的办事规律,一天中的什么时候来,几天来一次,办理什么类型的业务,办到哪里去,全都了若指掌,就像她脑子里装了一台电脑,眼睛扫描到某个面孔,这个面孔下的一切资料就跃然眼前。她甚至对那些人的家事都略知一二,比如那个煤炭公司的女财务每天必定在下午三点进来,办完事就直接去小学接孩子放学;比如交通局下面那个收费公司的财务,总是最晚到的一个,因为他不想回家,他跟他老婆关系不好,两人扯皮有好一阵子了。

没人时,我凑上去说:这些人的资料,电脑里全都有,有必要在脑子里装这么多吗?

她翻了我一眼:不说你脑子里装的东西太少,倒嫌我装得太多。我又没刻意去记它们,它们自己要跑到我脑子里来,我也没办法。

也许你是个数字天才。

我上学的时候,数学最多考过七十分。

那你怎么能记得住那么多客户资料?还是动态的。

我跟他们打交道时间长呗。

可我至今还记不住家人的生日。

她吐了下舌头:那就只能说明我心地单纯,心无杂念。

说话间,她突然矮下去一截,再长出来时,嘴里鼓起一个包。她在偷吃零食。

小心被领导抓到了。

领导进来的时候我不会咽下去吗?我有那么笨吗?

刚吃过早饭,怎么又吃?

你什么意思?所谓零食,不就是正餐之间的食物吗?人家生产零食,难道是要你当正餐来吃的?得意大笑之际,坦然露出两排灰褐色仿水晶似的四环素牙。我说:不停吃东西的话,牙会坏得更快。

她索性把牙龇给我看:别看颜色不好看,结实得很,我吃核桃从来不用小锤子……

还没说完,自动门动了一下,她飞快地擦一下嘴,一脸灿烂地冲着门口笑:这个天你还来了?真是风雨无阻啊。

门口进来一个女士,冲她点了点头,往柜台走去。

她颠颠地倒了一杯水,递到那人手里。那人理所当然地接过水杯,顺势拍了拍她的胯骨:瘦了嘛,上次来这小裙子还绷得跟牛皮似的,这回就松松的了,说实话,拿到裁缝铺改过了吧?

怎么可能?要改也只能往小里改呀。

客人办业务去了,她回到自己的岗位,下一个咨询者朝她走来,她听了一阵,小声但果断地指出:既然这样,你不如存到余额宝里去,比银行的利率高多了。客人再三致谢,依言离去。

我悄悄蹭过去:你想自砸饭碗?居然把到手的客户给赶走了。

恰恰相反,我赢得了一个铁杆客户。她有十万块,想存,又不确定什么时候要取,存活期的话,替她着想,真不如放到余额宝里去。你看着,下次她有了钱,一定会存到我这里来。

至少此时此刻,你拒绝了一笔十万元的存款。

未来我会赢得更多。

不可能,她知道这个渠道了,以后更不会存到我们这里来了。

那就不是我的问题了,那就是银行的问题、国家的问题,跟我无关。

跟她聊天渐渐成了我上班时间最大的乐趣,但她的客户似乎越来越多了,当她笑容可掬地接待那些客户时,她身上的火力也跟着传递到那些客户身上去。冷落久了,说实话,我开始讨厌那些客户。

我在心里诅咒那个发明大厅保安的人,又不是没有监视器,干吗要放一个大活人站在这里?人一寂寞,就容易体乏,有时真想坐一会,但工作守则上规定值班人员是不许用坐姿的。只好将双腿叉得更开,以放松躯干。有时明明站得直直的,却突然惊醒过来,分明是站着睡了过去,魂魄趁机猫似的跑出去溜达了一圈,又无聊地回来了。

有天实在扛不住了,我蹑到她身边去,拉开她腿边的抽屉。干吗干吗?她打一下我的手,压低声吼。

不要动,抢劫!

我顺利找到她的零食仓库,话梅、口香糖、葡萄干、巧克力、饼干,应有尽有。我拣出一粒口香糖,迫不及待地剥开,扔进嘴里。不管用什么办法,我得把自己从混沌中救出来。

绿箭带来的清新愉悦很快就消失了,只剩下毫无意义的咀嚼,困倦又蠢蠢欲动地爬了上来,我打了个呵欠,顿时泪眼蒙眬。我问自己,我在这里干什么呀?我的青春,我的生命,就要这样一天一天傻子似的站过去吗?父母处心积虑把我弄进这里,就是为了把我丢进这个站着的牢笼里吗?透过巨大的玻璃门,我能看见马路边的树比昨天又多出了一小片新叶,环卫工人又多扫了一小车垃圾,孩子们从学校回来,他们又上了新课,认识了昨天还不认识的新东西,我呢,我的今天跟昨天有什么不同?跟前天又有什么不同?我突然有股冲动,我想脱下这身可笑的制服,穿门而去。我测算着从这里跑向大门的距离,计算我可以用几步,用什么姿势,如果我奔过去,这老掉牙的自动门是来不及为我打开的,我可能会一头撞上去,防弹玻璃会雨点一般迸射开来,报警器会响个不停……我的呼吸随着想象急促起来,好吧,就这么干,等门口那两个老太太离开了,我就冲过去。但她们总也讲不完,我只能等啊等啊,不一会,我看到两个经警过来了,其中一个人手上拿着张单子,看得出来,有临时押款任务了。我大叫一声,随即痛苦地闭上眼睛,想象自己一头撞上自动门,蝙蝠似的贴着门滑下来,昏倒在地……其实,我大声叫出来的是同事的名字:你能替我在大厅站一会,换我去押款吗?

一路上,我的脸都在微微发烫,我有多久没有奔跑过了,有多久没有打过球了,有多久没有闻到塑胶跑道的味道了,我成天扎着武装带,笔直地站在雪亮的大厅里,我的脸都捂得像个发面小馒头了,接下来会怎么样?捂在空调房里继续白下去?藏在宽松的制服里面继续软下去?

我重新找出在学校里穿过的跑鞋,速干紧身衣。就算为了那些松弛下来的肌肉,我也得开始跑步了。

闹钟设在五点半,跑完一个小时回来,用十五分钟洗澡吃饭,六点四十五分出发,七点差五分赶到金库,领武器,装款箱,上车,七点出发。必须把时间计算到分秒,才能紧绷起来,赶走无聊和瞌睡。

小城不大,一个小时刚好能在中心城区环跑一圈。

路上黑黢黢的,偶尔有些三轮车在路灯下沉重地滑过来,他们是菜贩,驮着满满一车蔬菜,轰隆隆赶往菜市场。除了他们,就只有早点铺门前有点小动静,薄薄的亮光中,店主们打着呵欠扣上蒸笼盖,开始蒸包子。听到声音,他们扭过脸来盯着我看,又目送很远,在我身后大声说:这才叫吃饱了撑的!

跑了一个多月后,站在大厅里打瞌睡的尴尬竟神奇地消失了。

冬天一天天近了,五点半的早上,两个人即使面对面站着,也看不清对方的五官。我有点犹豫,但还是拉开了门,如果连晨跑都不能坚持的话,我还能坚持什么?

有一天,我刚跑到县一中大门口,一个黑影冲我喊道:你也跑步啊?我还以为这地方就我一个人在跑呢。

我停下来。他说他是一中的体育老师,每天早晚都在学校操场上跑步、舞剑,偌大的操场就像是他家的私人领地一样。他说他可以为我开门,让我跟他一起到操场上去跑。街上不好,空气差,路也不好,当心崴脚……

你做了多少年体育老师?我打断他。

我干了三十年了,明年就退休了。

他一说,我马上看到他头上闪过一层淡淡的灰白色光波。

我谢绝了他的邀请,回到马路上。后半程,我几乎是飞回来的,为了摆脱沮丧,我只能一再加速。我在呼呼风声中谴责自己:如果当时稍稍坚持一下,没准你就是这所学校的体育老师,那才是你这个体育系学生的正道,起码不会像现在这样,每天机器人似的在一个地方站得笔直,当了体育老师,你至少是一个活的人,而不是一根配着电警棍的木桩……别赖到爸身上去,你那不是听话,更不是感恩,而是懒惰,是懦弱,是无能,是对自己不负责!

回到家,洗完澡出来,爸妈已在早餐桌前等着我了。

今天回来得比昨天早嘛,也好,吃完了早点去,早到总比迟到好。

去那么早干吗?还嫌我站得不够多吗?腿肿得不够狠吗?

他们俩在交换眼色,但我假装没看见,拿起早点出了门。

押款回来,刚进大厅,洁薇就向我招手:元旦放假,你要出去吗?

去哪?我承认我根本就忘了新年假这回事。

咦?难道你就不想出去透透气?跟我去泰国吧。

我吓了一跳,我连北京都还没去过呢。

但是……这个……来不及了吧?签证什么的,很麻烦的。

哎呀,你就说你去不去?

我能说我没有钱吗?我鼓起勇气说。我都不好意思告诉她,我的工资全都交给了我妈。

她扑哧一笑:知道你没钱,知道你是个好孩子,不想拿父母的钱去旅游。如果我借给你呢?

我赶紧摇头,一边摇头一边退到自己的岗位上去。长这么大,我从没找别人借过钱。

她冲我做了个要把我撕了的动作。

不过,这倒让我心生疑惑,她这意思是,她还没有男朋友吗?有男朋友的话,应该不会想到拉我去做电灯泡,问题又来了,她这么漂亮,为什么还没有男朋友呢?

整个上午,我都在想着跟洁薇的男朋友有关的问题,想他大概是什么样子,做着什么工作,然后,又想了一会钱的问题,就凭我这两千左右的工资,就算不向父母交饭钱,扣掉日用,一年下来,节余的大概还不够买一张去国外的机票。这是我第一次想到钱的问题。

恰在这时,洁薇踱了过来,怪声怪气地问:想不想赚钱呢?

怎么赚?

办法多得很,就看你想不想。

我一天到晚在这里冒充木桩,上哪去赚钱?

没见过世面吧,世界上有多少大富翁是瘫痪在床的你知道吗?好,远的不说,就说我们这里。她放低声音,一一数点柜台里面的人,谁谁家里开了餐馆,谁谁买了辆车,雇人开出租,谁谁在一个煤矿老板那里入了股,日进斗金,还有好多人一直在炒股,最不济的也会在周末出去给人做账。

这我倒真没看出来,因为她说的那些人平时看来都挺蔫儿的,似乎没什么想法,也不打算去产生什么想法,而且也看不出来他们多有钱。

你呢？你是怎么赚钱的？

我猜她这种元旦小假也想出国的人，肯定也有自己的赚钱之道。

你先答应跟我去，我就教你怎么赚钱。

我挺了挺胸：不要，我要赚了钱再去泰国。

她还想说什么，大厅经理位那边有人张望，只好丢下我走了。我一直在等她忙完了再过来教我赚钱，可惜这一天，她再也没有空闲，她就像个坐诊的医生，进来一个客户，把手伸给她，她给人家把把脉，开个处方，再换下一个。

我在晚饭桌上大致讲了下洁薇说过的事，为了突出效果，我稍微做了点夸张，把那些另有一份生意的人数扩大到几乎每个员工。没人接话，晚餐快结束时，爸才说：你才进去几天，就在想赚钱的事？在那种地方工作，贪心是最要不得的。贪心必伸手，伸手必被捉。

捉什么捉啊，那些生意又不是他们亲自去做的，是有人代他们去做的。

你是真不懂还是假不懂啊？他们不弄资金进去，生意怎么做？

你的意思是他们都在打银行的主意？你才是真不懂呢，银行的审计跟柜台几乎是同步的，谁敢？

不管人家怎么样，你给我记住"洁身自好"四个字。

你太高看我了,我一个保安,跟业务根本不沾边,想不洁净都不可能。

那个旅游是怎么回事?他突然指向我说到的另一个话题。

早就回绝人家了,我又没钱,哪能跟人家一起去?

不是钱的问题,那个洁薇,你了解她吗?除了你,她还约了别人没有?你才去几天,难道你们的交往已经到了可以一起旅游的程度了?

什么意思?

我瞪着眼睛,硬生生把他的视线逼了回去。然后我一直没抬头,但我感到头皮发麻,因为爸的目光一直盯在那里。

后来,妈来到我房间,神秘兮兮地问我:是不是有女朋友了?看她那样子,如果我说出一个女人的名字来,她很有可能绕过爸爸的监视,私下里塞给我一小笔钱。

我最反感她问我这类问题,便一扭脸,像小时候那样用后脑勺来回答她。

妈把声音放得更低:你不要担心,谈恋爱也好,结婚也好,妈早有准备,妈就你这一个孩子,不会苦着你的。

真后悔呀,可惜,洁薇那里我已经一口回绝了,我不能孩子气地跑去反悔,除非她再一次求我跟她一起去。

第二天早上,我依旧奔跑在黎明的暗影里,第一圈就要缝合的时候,前面有点不寻常的动静,听着像是一男一女在吵架。

你管不着,腿长在我身上。

信不信老子打你一顿?你看我管得着管不着。

上次打架谁打输了?狗还记七天呢。

你给我停住!再跑老子砍断你脚筋,看你怎么跑。

女人真的停下来,叉着腰逼向骑自行车的男人:来呀,砍呀!我让一下不是人。

僵持了一小会儿,女人重新跑起来,几秒钟后,男人蹬车追上去:老子是担心你,黑灯瞎火的,怕你糊里糊涂搞些丢人现眼的事。

滚!女人再次逼停男人。

径直跑过去我觉得有点尴尬,而且我隐约觉得那声音有点像洁薇,如果真是她,就更尴尬了,只好大声咳嗽了一下,两人立即闭嘴,跑步的跑步,骑车的骑车。

我注意到,跑步的那个女人飞快地压低了帽檐,又把宽松运动服的拉链拉到鼻子底下,我几乎看不到她的脸。男人骑着自行车跟在她后面,路过我身边时,狠狠瞪了我一眼,虽然看不太清楚,但我确信我看到了两只不怀好意的眼白。

两个人很快就消失在我后面,我搓搓手,挥动双臂飞跑起来。应该不会是洁薇,只是音质相近而已,洁薇那种女孩,怎么可能在大街上跟一个男人吵这种已婚男女才会吵的架呢?

上班后,我迫不及待跟洁薇讲到这事,她果然十分不屑:在你心目中我就是那样的人吗?而且我从不跑步,我才不去找那个罪受呢。

再仔细看她,觉得她的确不像常跑的人,不过,我突然心生一念,为什么不游说她跟我一起晨跑呢?想象一下,黑黢黢的大街上,就我们两个,用同一个节律吸着冷气,边跑边聊,边聊边笑,岂不快哉。

她抬起头来,认真看了我一会,手中的笔果断拍在桌子上,我以为她同意了,结果她只是说:那就试试看吧,从明天开始。事先声明,我顶多跑一千米。

我在心里笑,等你上路了,我一定有办法拖着你让你坚持下去的。

第二天大雨,按照约定晨跑自动取消。第三天,我兴奋地来到约定路口,马路上空空荡荡,等了几分钟,仍不见人,只好上路。也许她来得早,已经上线了。从混混沌沌的黎明一直跑到天色渐亮,始终没发现洁薇。上班后,我一见面就问她,她竟一脸的心安理得:我实在起不来。

那你干吗跟我约呢?

咦?以前我没约你的时候,你不也一样在跑吗?

难道你不知道"约"这个字是什么意思?我真的有点恼火了。

哎呀,我昨晚一直在整理去泰国的行李,还要上网查一些资料,一直忙到凌晨三点,今天早上实在爬不起来。

那就不要乱约别人嘛!跑步也好,去泰国也好,你哪一样是诚心诚意的?

你的意思是,宁可误了飞机,也要陪你去跑步?你以为你是谁?

你又不是明天就走!还有两天才放假呢。

板着脸离开时,一眼瞥见柜台里面的同事都在朝我们看,有人在微笑,还有人在做鬼脸,我不太明白这些小动作的意思,但我能感觉到,对于我和洁薇的小争吵,他们心里是快意的。

其实我早就有所发现,洁薇在同事中不算合群,不是她孤僻,恰恰相反,她能很快跟人熟络起来,但她的行为举止把她跟别人区分开来。比如人家都拎着三两个包子来上班,她却喜欢用一杯酸奶当早点,人家下了班就往菜场冲,她却只喜欢逛街,至于晚饭,她说水果也可以,干粮也可以,唯有趴在灶头当火头军不可以;再比如,她跟客户的关系似乎过于友好,据说每年情人节,或是她生日,都会有鲜花送到她办公桌边,这一点,其他女职工望尘莫及。所有这些细节,都在证明洁薇跟那些结了婚的女同事不一样,都在证明她的未婚身份,老实说,这个结论正是我期望的。

第二天,上班后才知道她请了假。我马上明白过来,她的泰国之行已经提前启动了,说不定这会儿已经坐在飞机上了。她旁边是个男人吗?她的头靠在他肩上吗?她在路上一直挽着他的胳膊吗?她会跟他住一个房间吗?我想不下去了,整整一天,我心情欠佳。

没想到还有更严重的后果。三天假期里,我几乎足不出户,除了一早一晚两次押款,其他时间我都把自己困在房间里,困在泰国的漫游里,像个影子一样尾随在他们身后,监视着他们。妈喊我出来吃饭,我吃几口,就朝虚空中瞄一眼,唬得她一惊一乍的:看什么呢看什么呢? 我当然什么也没说,如果我说我在看泰国那边的那两个人,她会吓坏的。

假期的最后两个小时里,我小心地向妈提出,我二十二岁了,我不想再把工资上交给她了,我想自由支配自己的工资。

妈一脸诚恳:我不会动你一分钱,我只是替你存着。

存着干什么?

娶媳妇啊,养孩子啊。

在娶媳妇之前我都不用生活吗? 我已经工作了还要像个小学生一样活着吗?

妈变了脸色,颤抖着嘴唇往后退,不用说,她找爸商量对策去了。

元旦过后的第一天,洁薇像往常一样笑盈盈地看着我,大讲泰国之旅的趣事,就像她走之前我们根本没有那点不愉快一样。我才知道,跟她一起去的有三个人,两女一男,当初之所以想叫上我,就是想把男女比例平衡一下。

哎呀! 我发现你不去是对的。她挥舞着双手:当男女比例失衡的时候,最好是一男对多女,你不知道,我们这一路真是开心得要死!

她绽开一口晶莹的褐色牙齿,眉飞色舞地讲她们三个女人一路上如何拿唯一的男人寻开心。原来一切都只是我的想象，飞机上的肩膀，旅馆的房间，原来都是我那点小心思的自然流露而已。

豁然开朗之后就开始想入非非，也许我该向她表白了，可是，找个什么样的机会呢？还有，万一被她拒绝了，我们还能像现在这样每天面对面愉快地相处吗？如果不能，还不如暂且维持现状呢。

天气越来越冷了，起早变得困难，我调整了作息时间，把晨跑变成了夜跑，上床之前，飞快地套上运动衣，在呼呼冷风中狂跑一个小时，再回来冲澡，上床，筋疲力尽地睡去。

没几天我就发现，爸骑着自行车不远不近地跟在我后面。我停下来，抗议他对我的监视，他没下车，慢悠悠地蹬着，说：你可以跑步，我就不能骑车？

我知道他是不放心我的安全才追出来的，这也太可笑了，我一个成年男人，还是个保安。但他当着我的面死不承认。我又去跟妈抗议。妈说你随他去吧，从小到大，他哪天不在为你操心？多少人羡慕你有这样一个爸爸呢。

最终我们达成协议：第一，对外不许说我有人陪跑；第二，保持距离，不要让我看见他。

这以后我真的没在我的跑道上遇见过他，但我知道，他肯定还在尾随我，只是很小心地控制着速度，尽量不让自己出现在我的视线里。

这样一来,我就更不敢约洁薇了(我一直没停止游说她,但她一直敷衍着),万一被她看见爸骑着自行车陪我跑,我会被她笑死的。好在春天就快来了,到那时,我可以重新恢复晨跑,爸就没理由跟着我了。

那天很奇怪,营业好久了,大厅经理位前还不见洁薇。一问,说是被机关的人叫上去了。

十点多,洁薇才气鼓鼓地走进来,边拉开椅子边嘀咕:每次都要我去,这么多年轻人,干吗总盯着我一个?

我问她去哪里,她扫了我一眼,没吱声,在键盘上敲出一阵疾风骤雨。

没多久,机关有人给她送来一张表,让她在上面签字。洁薇看都不看,抬手就推:我已经说过了我这次真的不想参加,我没时间准备,去了也只会丢人,你们换别人去吧。

上次的技术比武你说你重感冒,饶过你了,这次无论如何也逃不掉了。名单是行长定的,实在不想去的话,去跟行长说。

机关的人一走,我就蹭了过去。

你是真的淡泊名利,还是对自己没信心?

银行是个狭长深幽的地方,普通员工的上升渠道比烟囱还要窄,身处基层的普通员工要想往上走,除了在一年一度的业务大比武中胜出,几乎没有破格提拔的可能。

你想去你去啊,你去练武,去比赛,去往上爬,赶紧去!

被她呛了一鼻子我并不生气,我只后悔我的嘴巴没她利索,我应该这样说的:我才不去的,我哪都不去,我就喜欢天天在这里陪着你。可我却怏怏地退了回来。

我一边玩着身后的电警棍一边想自己的心事:表白的时间地点很重要,最好不要在营业部,也不要在上班时间,否则她会以为我在开玩笑,一笑了之。

手机响了一下,打开一看,是洁薇刚刚拍下的我的照片,还配了一句话:实时杀毒系统之保安狗。

看来已经没在生气了,我也偷偷拍了张她跟客户热情寒暄的照片,传了过去,题图是:迎客柳!

她很快复了过来,内容让我大吃一惊:约你,今晚。

正要回复,一个中年男人喘着粗气出现在门口,见到洁薇,像颗箭头似的飞扑过去:完了完了……

洁薇冲他不易察觉地摆摆头,男人立即压低了声音。洁薇听着听着,站了起来。

那是我第一次看见洁薇发急的样子,又是摇头又是跺脚,像只小狗被强拉着去过一条波涛汹涌的大河。那男人也急,不停地摊手,挥舞手中的公文皮包。两人尽管极力克制,声音还是越来越大。洁薇说不行的,有制度的。男人说制度是死的,人是活的呀,你要等着看事情闹大吗?洁薇脸都红了:当初再三跟你强调过,不能提前支取,什么理由都不能提前支取。

实在不行,这样好不好?你扣除一部分利息,我吃点亏算了,不管怎样,我都要取,哪怕只取一部分也可以,余下的我还存在你们这里。

不是谁吃亏的问题,是根本就取不出来,你存的时候就讲过,不能提前支取。

凡事总有个特殊情况吧,你们的制度不都贴在墙上了吗?储户有存取款的自由,我想什么时候取就什么时候取,我都说过了,我愿意受点损失,你还要怎么样?

好像已经不是业务咨询,而是客户与银行的纠纷了,我向那边走过去,洁薇发觉了,赶紧抬手制止了我。

也不知洁薇最后承诺了什么,男人意犹未尽地走了,走前再三叮咛:那就明天哦,明天一定不能让我白跑一趟。

我一定尽力。

不行不行,你必须做到,否则弄出什么乱子来,我不负责的。

男人一走,洁薇就开始打电话,一会儿捂着嘴说,一会儿跑到大厅的角落里对着墙壁说,也不知她是打了好几个电话,还是一个电话讲得太久,大厅经理桌前排队的人越来越多,我只好过去替她询问、疏散、解释:对不起,她在指导一个电话银行业务,很紧急的一宗业务。

电话终于打完,如同结束一场长跑,她喘着气,无力地在把自己扔到座位上,心却还没有从电话上收回来,偶尔瞄一眼电话,想打,最终还是放下了。

需要我帮忙吗?我问。

她苦笑:你要是帮得上该有多好。

除了钱,我什么都能帮你。

她猛地趴到桌上,小脸埋进肘弯里。

第二天一早,离开门营业还差半小时,我已经荷枪实弹地坐进了押款车里,汽车驶出大门那一刻,我看见三五个退休大妈等在营业大厅前,她们已经做完早锻炼,开始到银行来理财了。

等我们这帮人送完钱箱,在外面吃好早点回来时,之前我看到的那些大妈,正把洁薇围在中间,对她大吼大叫,戳着手指。

如果是在街上,我毫不犹豫会冲上去,打开一条血路,把洁薇救出来,但这里不行,这里顾客是上帝,上帝要是想做点什么,只要不危及我们的生命,我们都必须忍受。观察了一会,我知道了,那个大妈手上的存单,正好是昨天那个中年男人拿来的存单,敢情那存折上的存款不是他一个人的,是好几个大妈凑起来的一张三百万的存单,现在,其中一个大妈家里发生意外,急需取出她那一部分存款,她先去找了那个男人,男人来银行一问,取不出,回去后架不住大妈的跳脚大骂,就把存单给了她,叫她自己来银行拿。她可不管制度什么的,她心里就一个真理:我的钱,我想存就存,想取就取!

我不停地向洁薇发出增援的信号,都被她坚决挡了回来。

大妈们的初衷似乎就不是来讲道理,而是来比声高的,个个气出丹田,理直气壮:什么道理!存取自由,这话可是你们自己说的,这会儿说什么取不出来,那我问你,我的钱跑到哪去了?

是不是被你们挪去做生意炒股了?那可是我大半辈子的血汗钱啊,快点给我,我现在就要,立刻就要,马上就要!

我决定不顾洁薇的反对,以一个经警的身份过去维持秩序。

我的制服和警棍对她们多少有点威慑力,她们稍稍安静了些,我趁机说:如果有人不听劝阻,执意干扰工作秩序,我会依法行使一名经警的权利。也许我不该说这几句话,也许她们根本就误会了我出现的意义,安静了几秒钟后,大妈中的主角喊道:不为人民的警察不是好警察!大家上……还没喊完,一阵老女人的拳头雨点般落到我身上。好吧,我忍着,我不能打女人,尤其不能打奶奶级的女人。

喂,喂,好啦好啦,我来想办法……

洁薇想上来帮我,拉拉这个,扯扯那个,老女人打不死我,让我多享受一会美人救英雄吧。

可是,有一脚重重踢在我裆部,三寸来长的金针银针嗖嗖在我眼前飞舞,我本能地一使劲,抓住离我最近的一团松软的皮肉,用力一揉,与此同时,我听见一声凄厉的长叫:警察打人啦!

不等我做出反应,啪的一声,一个巴掌重重甩在我脸上,大厅霎时安静下来。定睛一看,打我的人竟然是洁薇。

你给我站到一边儿去!多管闲事!

我看她圆瞪着的眼里闪着熊熊火苗,不像是装样子给那些人看的。

她不可思议地妥协了:大妈你消消气,我现在就给你办,想方设法给你办,破例给你办。

旁边的大妈趁机把存单往洁薇面前一递:赶紧办赶紧办!这是什么银行,不闹不给钱,闹了才给钱。

洁薇拿着存单回到自己的座席,利索地操作起来。当她把一摞捆好的钞票放进大妈手里时,脸上完全不见了刚才对大妈的耐心与歉疚,相反,她脸色铁青,粗声粗气,就像那个大妈不是在取回自己的钱,而是从她这里狠狠敲诈了一笔。

大妈们拿着钱,蜂拥而出。我就看见她们在街边击掌,嘻嘻哈哈庆祝胜利。

洁薇向我走来:疼吗?对不起哦。我知道你想帮我,但你不懂,那些人碰不得,自卫也不行,我要是不打你一下,现在还不知道闹成什么样子了呢。

你知道就好。

我请你吃饭吧,谢谢你救了我。

是你自己救了你自己。

起码你想救我来着。

这顿饭我没有吃成,当天下午,洁薇就奉命回家收拾行装去参加那个技术比武去了,她到底还是违抗不了上面的命令。

出发前,她来到大厅,悄悄对我说:我干妈你认得吧?隔几天就来这里跟我嬉闹一番的那个,灰白头发扎成小辫的那个,爱穿红衣服绿裤子的那个,想起来没?

我当然知道那个人,曾经是曲艺团的演员,退休前没什么名声,退休后却因为花枝招展的老来俏形象家喻户晓,一来就亲亲热热地搂住洁薇,一口一个乖女儿,当着众人的面掐她腰上的肉,检查她最近长胖没有。

如果你见到我干妈来办业务,就赶紧给我打电话,千万千万要记住,她一进来你就拉住她,说我跟她有话说。

我觉得奇怪:既然有急事,为什么不向她当面交代好再去比赛呢?

你哪来这么多问题?我怎么说你就怎么做,不行吗?这么个小忙都不愿帮?

当然愿意。我当着她的面,把她的吩咐记在手机备忘录里,她才放心地离去。

洁薇在的时候我感觉没那么强烈,她一走我才发现,每天来找她的人竟是那么多,原来那些人不是去找大厅经理,而是去找她洁薇的,他们对代班的大厅经理根本不感兴趣,扫她一眼,就过来问我:洁薇呢?洁薇怎么没上班?洁薇什么时候回来?我实在搞不懂洁薇凭什么能在她身边团结那么多客户,就算她是最漂亮的女员工之一,但为什么那么多女人也是一进门就找洁薇呢?

每天一到中午,我都会接到她的电话。我知道她想听到什么,劈头就告诉她:你干妈没来。

老妖婆最近在搞什么名堂,居然不来看我。

听得出来,她对她干妈没来的事挺满意。

偶尔我也骗骗她:正好,你干妈来了。

快把电话给她!快快快!

得知我是在骗她时,她会在那边扯直嗓子喊:一点都不好笑!

我不理解:为什么你就不能提前给她打个电话呢?非要等她来了再给她打这个电话。

咦?我不是标兵吗?告诉你,标兵就是这样服务的,尤其对于我干妈那个上帝,就得这样服侍她。

这话当然是开玩笑的,但她的语气不像开玩笑。

没过几天,我们家出了点事,身体一向很好的我妈,从饭桌边站起来时突然一歪,人就倒在地上,带翻的碗碟弄得她一头一脸的血。我和爸火急火燎地把她送进医院,办完手续,在长椅上坐下来时,才发现我的双腿一直在发抖。

爸说:你明天上午能不能请个假?我有个会,下午才能赶过来。

刚一答应,就想起洁薇的嘱托来,万一正好我不在的时候洁薇的干妈来了呢?

爸很不高兴:我们从没对你提出过任何要求,就半天而已。

不得已,我说出了洁薇临走前的交代。爸像不认识似的瞪着我,好一会才问:你答应她了?

当然要答应啊,入行一年多,我就交了她这一个朋友。

不一定非要在同事中交朋友,同事很少能成为朋友。

我们有些同事还成了夫妻呢。

她自己完全能解决这件事,为什么一定要请你帮忙?

我们关系好呗!我抱起双臂,盯着墙上的温馨语录。我能感到爸在瞪着我,但我坚持不看他。

你认识她干妈?

当然认识,她经常到营业部来,以前的曲艺团演员,现在的民间街头时装表演者。

哦,是她呀,我以前常看她演戏,那时候她还有点胖,现在就是个瘦刮刮的疯婆子。

最后,爸想了个折中的办法,他让我今天在医院里做夜陪,明天一早,等他去单位报个到、请好假后就来接替我。

你只需要请一个小时假,九点多钟,我肯定能赶过来。

我也觉得这个办法不错,洁薇的干妈有早锻炼的习惯,不会那么早来银行的,她必须回家换下早练服,化好妆,再香喷喷地出来,到银行看看自己的存款,见见干女儿,顺便给自己寻觅午餐,再逛着街回去。洁薇跟我说过,她干妈给自己定有规矩,天大的事,一天只烧一顿饭,天大的事,一天必须烧一顿饭。

第二天九点多钟,爸依约出现在医院里,他刚一露头,我就匆匆往外跑。

进入大厅第一件事,就是在等待叫号的人群中搜寻,还好,洁薇的干妈不在。我长舒了一口气。

很快我就发现,今天的气氛有点说不出来的怪异。同事们都绷着脸,动作也更娴熟,就像有人在空中监督着他们似的,很少在柜台上露面的营业部经理也一直在场。

不一会,园丁拖着他的小平板车来了,他来更换大厅里的绿植。

上个星期不是刚换过吗?我过去接应他,顺便问了句。

你不知道?我所有的花盆都被今天早上来的一个顾客砸光了,两个玻璃茶几也都砸碎了。

难怪我觉得有点怪异呢,原来摆在会客区的两只茶几果然不见了,花盆绿植也都不见了。

也不怪人家,听说那个人账上的几十万突然不见了,被人取光了,只留了个零头。

是什么人?我的呼吸急促起来。

不知道,只听说是个女的。

正想着该去找谁打听一下,保卫部经理走了过来,我以为他要进来视察工作,没想到他停在门外,摸出一包烟来。

我大着胆子向他走过去,营业场所出了事,他应该是最先被告知的人。

他刚刚深吸了一口,满足地吐出几缕青烟,率先向我点了点头:听说你跟洁薇关系不错?

他看上去并不是在开玩笑,但也不像是工作上的询问。

也……不算,我们俩离得近,有时会聊几句。

保卫部经理开始专心致志地抽烟。

比赛已经开始了,洁薇应该快要回来了吧?我试探着问。

保卫部经理隔着烟雾看着我:是啊,马上就回来了。你进去吧。

他继续站在那里吞云吐雾。我觉得他今天也有点怪异,他为什么要站在这里抽烟?又为什么跟我提到洁薇?如果他只是想静静地抽根烟,应该去一个隐蔽点的地方,而不是扮成等人的样子,直直地杵在这里。

没过多久,只见保卫部经理扔掉烟蒂,快步向前迎去。

我知道他为什么会出现在这里了。

两辆小汽车头尾相接地驶过来,无声地停在大厅门外,前面那辆车里,最先出来的是分管业务的副行长,她快要退休了,一般不大出门。接着,我看见了洁薇,她换了发型,挽在脑后的髻放了下来,黑亮的直发随着她下车的动作,哗啦啦飞舞着,晃动着,越发显得她裹着小短裙的身体柔韧细长。

副行长用奇怪的姿势拉着洁薇的手,回望身后那辆车。

从第二辆车里出来的是行长,以及信贷部的一个业务员,两人快步上前,走在洁薇另一侧,几个人一起簇拥着长发飘飘身子纤瘦的洁薇朝办公大楼走去。

一回头,只见柜台里的同事全都站了起来,呆呆地看着外面。

我的心立即扑通扑通跳起来,这时我已基本能够猜到发生什么事了,但我还是鼓起勇气向柜台走去,问一个同事:今天早上到底怎么啦?

你不知道?今天一早,洁薇的干妈来取钱,发现账上空了,大发雷霆,差点把整个营业部掀翻了……

耳朵里一阵嗡鸣。她还在说些什么,我就听不见了,光看见她的嘴巴在动。

一切很快恢复常态,同事们回到岗位继续忙碌,电子叫号有条不紊,等待区的客户们安静地看手机。

我浑身麻木地回到岗位。总算明白她托我帮那个忙的意图了,她会骂我的,她会跳着脚骂我:真没用!再三交代过你,这么点小事都做不好,你是故意的对吧?你肯定是故意的,你太坏了,早知道你这么坏我就不会找你帮忙了。整整一天,脑子里都是她指着我的鼻子骂我的样子,骂得口堆白沫,双眼血红。

第二天,起床闹钟还没响,我就被电话吵醒了,是保卫部经理打来的,他叫我不要参加早上的押款了,直接到某个房间,有特别任务。

骑车赶过去时,保卫部经理在大楼门口等我,神色凝重得像世界末日:我昨晚一夜没睡,你得换我回去洗个澡,补一觉。你已经知道了吧?洁薇出事了,从昨天中午到现在,一直在接受审查,边审边查账……

昨晚一直在下沉的心,原来还没降落到它应该在的位置,我跟在保卫部经理的后面,双腿沉重得快要从身上扯裂出去。

经理继续边走边跟我交代一些注意事项,等他终于发觉时,我跟他已落下四五米距离。

经理,你找别人吧,我还是去押款好了。

就是你了,放心,有的是换班的机会,这事不是一天两天能结束的。

经理告诉我,首要任务就是看住洁薇,别让她跑了,或是做出什么过激的行为。

小丫头有种,一夜没睡,单枪匹马应付那么多人,说起话来还是有理有据,不愠不火,平时真没看出来。

我拖着失去知觉的双腿,扬着一颗嗡嗡作响的脑袋,跟在经理后面进了小会议室,这里新增了三张桌子,到处是摊开的账簿和票据,两名业务人员面色灰白,头发蓬乱,彻夜未睡的疲惫让他们浑身上下冒出一股剩菜气息。里面空气很不好。

经理把刚刚买来的几大盒包子摆在茶几上,招呼大家先吃点东西再干。

没一个人来吃,都苦着脸摆手,说熬了夜没胃口,闻到包子味道就恶心。

经理很勉强地把包子递到洁薇面前:那你吃吧。言下之意似乎是,人家都不吃了,剩下来的她可以吃了。伴随着胸口的疼痛,我感到眼睛又酸又涩。

我以为洁薇不会吃的,没想到她看了看,竟伸手拿了一只,很专注地咬了一口,连连点头。经理正要拿着简易饭盒离开,她站起来,用另一只手又抓了一只。

所有人都用冷冷的目光看着她吃。她谁都不看,专心致志吃她的包子。

我猜,她并不知道我进来了,她一直低着头,目不转睛地看着面前的账簿。

保卫部经理跟我做了些交代,就离开了。两名业务人员喝了几口水,强令自己打起精神。一辆小平板车推了进来,上面码着小山似的账本,她们过去把它卸了下来,堆在手边方便拿到的位置。

两个小时过去了,一个人叹了口气,瘫在椅子上喊:洁薇,你就心疼心疼我们,全都说出来算了,这样逐年逐月逐日地查,要查到什么时候啊?你想把我们都累死啊?

洁薇抬起头来,一脸无辜地说:我真的记不得了。

这一抬头,她终于看到我了,但她一点都不惊讶,就像我不是刚来,而是一直跟她、跟这两个人待在一起。

我冲她点了下头,关切地望着她,我相信她能看懂我眼里的心疼。

她很突兀地冲我一笑,不是微笑,而是我们在大厅开玩笑时的那种彻底的笑,只是没有声音而已。我也想笑,但心里突然一慌,我不知我的笑送出去没有。

作为弥补,我想倒杯水给她,又觉得似有不妥,只好连倒了三杯水,先给那两个查账的人,最后才递给洁薇。喝点水吧!我听见我的声音粗糙喑哑,像一把旧扫帚。

查账的人时不时就要把洁薇叫过去,跟她核对一些细节,洁薇多半会冷静地给她们驳回去,实在无可辩驳的,就痛快地点头,任由那些人折下页码,放进一只专门的筐里。筐里的账簿越来越多了,洁薇却一脸淡然,彻夜不眠也无损她白皙而幼嫩的皮肤,她看上去还是那么精致。

她走到其中一个人面前,低声说:跟我去卫生间吧。

那人放下账簿,站起身来,牢牢抓住洁薇的手,又向我丢了个眼色,我紧跟在她们身后,往卫生间走去。

我的眼泪差点掉了下来。她第一次上厕所时,肯定不知道要主动叫一个监视者,肯定是站起来就往外冲,身后肯定有过呵斥、追赶,那时她是什么表情,又是什么心情!

我站在过道里,盯着那扇门。同事没上厕所,站在洁薇的隔间前,跟她说话。

洁薇你好糊涂!你又不缺钱,干吗做这种事情?

唉!洁薇在里面叹气,似乎一言难尽。

真的,我们都想不通,你要那么多钱干什么呀?

一事当前,哪会想那么多呢?

说你什么好哦,一起共事这么多年,从个人感情出发,我实在不想查下去,但你知道,我也是身不由己。

没关系,你好好查,我能理解。

你要是心疼我,就说几个重点日期,省得我们大海捞针一样。

跟你说实话吧,我是真的不记得了。

你是大还是小啊?同事突然不耐烦起来。

小。

那该完了吧,怎么还不出来?

马上。

说是马上,又过了好一会,才听见里面有细碎的声音,不久,两个人拉开门出来了,我赶在她们出现之前,退回另一边过道里,我想尽量不让洁薇知道我在监视她,虽然我知道这只是自欺欺人。

连续一个昼夜的审计,问题出来不少,但似乎还没彻底完结,还有待进一步核实,然后上报。这期间,洁薇必须就地严密看管。

第一个晚上在通宵作战中过去,第二个晚上,那两个连续奋战了一天一夜的查账人终于熬不住了,申请回家休息,但洁薇不能回家。领导指示,将洁薇转移到值班室,那里有床,有卫生间,还有简单的厨房设施。

因为保安全是男性,异性看管总有些不便之处,所以看管洁薇的人除了保安,临时增加了一个叫许静的女性员工。

其实我一点都不介意独自一人看管洁薇,我正想趁这个机会跟她好好聊聊呢。

出门之前,爸说:应该把她铐起来。万一给她跑了你们都跟着遭殃。

爸似乎对她没什么好印象,真奇怪他这印象是从哪里来的。不过我没时间跟他废话,我得先洗个澡,穿戴整齐。一想到今晚将和洁薇共同度过,心里就莫名的欢欣,但马上又无比伤感。

爸又追出来叮嘱:千万要管好你的钥匙……

不等他说完,我的摩托车已经滑出了好远。

许静几乎是跟我同时进门的,满脸的不耐烦:真是的,我正在追一部电视剧呢。

即便是这种内部看管,也是有纪律的。不过,我悄悄对她说:看情况吧,说不定你可以抽空回去看一会,洁薇是聪明人,逃跑只会让事情变得更糟。

许静眼睛亮了一下,很快又熄灭了:还是算了吧,万一她跑了,我的饭碗可就危险了。

在屋里转了两圈后,她过来在我耳边说:要是能给她吃点安眠药就好了。

事情没搞清楚前,她还不算犯人呢,就算是犯人,也不该这样对待她。

许静走开一步,愤愤地说:怎么没搞清楚,今天下午结果就出来了,她跟人合伙,以高息引诱客户,把客户的存款变成理财产品,从中获利,没想到客户提前支取,取不出来就玩命,她没办法,就擅自登录她干妈的账户,用她干妈的钱应付了客户的取款,没想到她干妈临时有事,要来开具存款证明,这才把事情捅出来。如果不是她干妈一早闯进来,她这三个坛子两个盖子的腾挪术还不知要玩到什么时候。已经不是第一次了,她做这种事有几年了。

我想起她临去分行前的再三嘱托,心里阵阵刺痛,就说:监管部门是不是也有责任呢?早点发现不是可以早点阻止她吗?

她是在业务渠道上做了手脚,又不是柜台操作的错误,监管对她有什么用?除非像这次一样,她没把事情及时捂住,才会暴露出来。

我低下头去看自己在地上的投影。

人不能太贪心,像我们这样老老实实上班,有多少钱用多少钱,虽然清贫乏味一点,但一家子平平安安。

洁薇拉开卫生间的门,逆光站在门口。

现在说一家子平平安安还早了点。

许静不高兴了:至少到目前为止,我们还算平安无事。

洁薇走过来,一屁股坐在我们中间。

今天晚上我们能不能不要说这些事了?我听得都要吐了。

喂!洁薇突然拉了拉我的袖子:给我根烟好吗?

我慢慢掏出烟盒来。其实我也不算烟民,只是想到今晚这个夜班非同一般,就买了一包带在身上备用。

洁薇慢条斯理点烟,许静看得目不转睛。

暴露出来也好,我早就厌烦了。洁薇抬起下巴,看自己吐出来的烟圈:我最讨厌到年底的时候,那些人在柜台前压低声音神神秘秘地问你,有没有息高一点的,为什么别的银行有几点几的你们却没有,没有我就转走了。我实在看厌了这样的嘴脸,就算这一款比那一款高出那么几分几厘,算下来又有多大区别呢?不满意国家规定的利率政策,你去投资啊,去买股票去创业啊,又玩不来,死盯着那几分钱算来算去,我真的看厌了。

谁会嫌钱多呀,多一分算一分。你肯定恨你干妈吧?要不是她,你还在继续你的事业。

说起干妈,我觉得我必须跟洁薇说明一下当天的情况,但我刚说到我妈住院这里,就被洁薇制止了。

她知道了也好,我现在感觉非常好,一身轻松,万里无垠。

许静劝道:你也不要这么消沉,赶紧想办法,如果我是你,我就叫干妈写个声明,说是她委托你取款的,说她正在老年痴呆前期,说过的事情自己又忘记了。

洁薇就像没听见一样,将许静往边上挤挤,长长地躺倒在三人沙发上。

我现在只想睡觉,最好一直睡下去,不要醒。她杵灭烟头,闭上眼睛。

不一会又睁开眼睛,对许静说:你刚才不是说你要看电视吗?你回去吧,看完电视再来,我不会跑的,我能跑到哪里去?与其跑出去挨饿受冻隐姓埋名,不如听天由命顺其自然。

许静的家就在银行隔壁,只要出侧门,绕过一道院墙就行。电视剧八点开始,九点多钟结束。

我们两个看守互相看了一眼,我用眼神鼓励她照洁薇说的去做。

许静动摇了一下,最终还是摇起了头:你睡吧,我们两个陪着你,你就安心地睡吧。

洁薇真的是困极了,眼睛闭上没多久,呼吸就变得深沉而悠长,她真的睡着了。

她可真行,还能睡得着觉。许静轻声说:换成是我,恐怕已经疯了。

不好说,不是事到临头,谁都不知道自己的临界点在哪里。

她伸出手,在洁薇肩头划拉了一下,过了一会,又用力地划了一下。洁薇还是面若止水,呼吸沉沉。

许静凑到我耳边小声说:她真的睡着了,我估计她这一觉少说也得三四个小时,我先出去一下,很快就回来。

我赶紧点头。

她把手比在耳边:有事随时打电话。

我又点头。

她悄悄带上门出去了。

屋里一下子变得死寂。我坐在洁薇对面的镀铬折叠椅上,打量她的睡姿。

她穿着工作服,连续两天没休息没洗澡也没换衣服,白衬衣显得比人还疲倦,裙子几乎缩到大腿根部,只有黑丝袜还是原姿原貌,掩护着一双长腿。

我去里间看了下那张床,东西都齐全,但被褥看上去不干不净,不知道有多久没洗过。难怪她会选择睡沙发,沙发就算脏,也是被衣服蹭脏的,不用担心会沾到别人的皮屑。

接下来我要干些什么呢?难道就这样慈母般看着她睡觉?叫醒她显然不合适,也不一定叫得醒,一天一夜的轮番轰炸和高压,此时松懈下来,很有可能一直睡到明天。

她出汗了,以发际线为界,看不见汗水,但那层细软的短头发逐渐扭结成缕,湿湿地黏在皮肤上。我找来几张报纸,折成扇子形状,对着她的脸轻摇起来。

也许她从此就要失去自由了。一切已基本坐实,只等领导决定,是以事故还是以案件论处。再想想许静替她出主意时,她竟无动于衷,难道她对这个干妈没有信心?她应该让她干妈知道,那些钱并非完全追不回来,只是时间长一点而已。

时间紧迫,此时不是睡大觉的时候。我凑近她,正要叫她,她自己醒了。

好想睡。她一脸困倦地坐起来,脑袋砸在柔软的沙发靠垫上。

还以为你睡着了呢,不睡也好,我们不能坐以待毙是不是?动物都有反抗的本能。有没有什么要我帮忙的?需要我帮你打电话吗?

迟了,我干妈进来那一刻起,一切都来不及了。

真是对不起,其实我一直都惦记着你交代的那件事,我爸本来是安排我在医院值上午班的,我跟他讨价还价,把半天变成了一个小时,没想到就在这一个小时里出了事。

你跟你爸说了我委托你的事了吗?

当然说了,不说我就得整个上午都在医院待着。

洁薇望着我点头,一下,又一下,嘴角挂着一丝含义不明的笑。也许她并没有笑,她就是那种表情,只要睁开眼,她的脸就飘浮着一丝若有若无的笑意。

你爸以前找过我一次,他叫我不要带你一起去泰国,说你很单纯什么的。

真的?你……当时你为什么不告诉我?

他太爱你了!

……父母大概都是这个样子的吧。

他像条警犬一样爱着你。

我想点头,还想笑,又觉得不太合适。

如果你不告诉他我委托你的事呢?

就像头顶上啪地响了个炸雷,我结巴起来:你什么意思?不可能不可能,绝对不可能……他只是喜欢替我操心而已,人很善良的……

你想到哪去了!我只是在假设某种可能,什么样的可能我都设想过。洁薇突然竖起食指,嘘了一声:听!你听到没有?有人在哭。

窗外有孩子在路灯下玩滑板车,隐约能听见断断续续的哭泣。

肯定是阳阳。总是倒霉的人更加倒霉呀,自从阳阳的爸妈离婚后,我已经不知第几次听到他哭了。你小时候肯定没像阳阳这样哭过吧?

这时她脸上完全没有笑意了,她垂下眼皮,睫毛在瘦削的脸颊上画出两抹小小的阴影。

洁薇,你会没事的。要不要我帮你联系你干妈?

算了,我困得要命,想睡又睡不着。她打断我,把两腿长长地搁上另一边扶手,她的身子看上去薄如煎饼,连面部都像被什么东西削去了一层似的,薄,且透明。

好吧,既然她那么想睡,就先让她睡吧,总比强撑着一点一点走向崩溃好。

许静看完电视剧回来时,洁薇刚刚睡过去不久。这一点我是从她眼皮上看出来的,在一阵短暂的烦躁过后,她的眼皮开始出现偶尔的轻颤。

她一直没醒?许静问。

我点了点头,不知道自己为什么要骗她。

她开始玩手机,不一会,我收到她的信息:我带来的矿泉水,两瓶红盖的是我们喝的,蓝盖的那瓶稀释过安眠药,待会儿她醒了给她喝,可以让我们省点事。

足足看了三遍,那些字才没有标枪似的朝我嗖嗖嗖直扎过来,我惊魂未定地回复了过去:这样不好吧?

这样对大家都好。放心,对身体无害,我在家也常吃这种安眠药。

这是犯法的。

如果她夜晚跑了,负责的就是我们俩了,我上有老下有小,不想被她害了。

她不会跑的,我敢保证。

万一呢?

大不了我们通宵不睡,轮流盯着她。

在我的坚持下,我们开始在手机上讨论轮值的问题,许静说她值上半夜班,那我就值下半夜班,她值班时,我可安安稳稳地睡一会,时间到了她来叫醒我,换她去睡。

讨论完,她让我马上去值班室睡觉,我看了眼正在熟睡的洁薇,觉得我们的轮值方案是正确的,与其两人一起耗着,不如轮换着休息,至少不耽误明天上班。

我把大门反锁好,把门钥匙套进自己的钥匙圈,挂在腰上。钥匙圈是爸给我买的,结实得可以拴住老虎。本来,我不喜欢把钥匙圈挂在腰上,但爸说,保安有三条命,一个是你的肉身,一个是钥匙,一个是枪,除了叮咛,他还会时不时检查一下我的裤腰。

躺下之前,我最后往外看了一眼,许静已经插上耳麦,在手机上看起她的电视来了,真搞不懂她为什么那么爱看电视剧。床上的味道很不好闻,钥匙串硌在右腰下有点不舒服,但这些都不是问题,刚一躺下,进入睡眠的愉悦就潮水般扑了过来。跑步对我来说没有别的好处,就是生物钟特别管用。

我在悠悠乎乎的漂浮中看到洁薇了,她从一辆黑色小汽车里钻了出来,穿着高跟鞋飞快地往前跑,不过,她跑得快也好,跑得慢也好,小汽车自始至终都跟着她,好像它并不是想要抓住她,只是想追着她玩。洁薇跑不动了,扶着大腿直喘粗气,喘了一会,又咬紧牙关往前跑,这回她跑得更慢了,仿佛脚下有块吸力极大的磁铁,把她拼命往地下拽。她终于摔倒在地,再也爬不起来了,汽车却没有停止的意思,她像上了岸的美人鱼一样,尽量支起上身,哀求地看着一寸一寸驶过来的汽车。汽车缓慢地、义无反顾地驶了过去,我站在后面,开始还能看见肩膀,然后是洁薇的头,然后……我什么也看不见了,汽车一阵颠簸,车肚子下面传来咯吱咯吱的声音,再然后,颠簸消失了,车身平静了,继续以刚才的速度缓缓向前驶去。

但是,地上什么也没有,没有破碎的身体,没有零星的肉块,连一丝血迹也没有,只有她的一只高跟鞋翻扑在路上。

我猛地惊坐起来,好一会才弄清自己并非在马路上,而是值班室里。

偏偏一回头,又是一个炸雷:洁薇坐在我刚才坐过的镀铬椅子上,浅笑盈盈地看着我。再一看,许静侧卧在她之前睡过的沙发上。

不对,许静应该把我叫醒再去睡的,情形不对,好像出了什么问题。

我喊许静,她没反应,又过去摇了她两下,还是没动静。

别管她了,让她睡吧,正好我们聊聊天。洁微拿起身边的手机,朝我递了过来。

她手上居然是我的手机!我上床的时候难道没有随身带着手机吗?我平时不是一直将它放在裤子口袋里的吗?本能地摸了一下钥匙,还好,还挂在后腰上。爸真英明。

我问她在哪里拿到我的手机的。她说我就放在沙发扶手上,她脑袋旁边。

怎么可能?我怎么会犯这种错误?好吧,就算被她看了手机也没什么,反正我也没什么了不起的秘密。我使劲揉脸,还想喝点水,慢着,蓝盖的那瓶空了,蓝盖的!连忙点开手机,没错,许静和我的对话还在,蓝盖的矿泉水是洁薇的,里面有安眠药。我指着瓶子结结巴巴地问:你都喝了?

怎么啦?你这是什么表情?

你真的都喝了吗?

她不耐烦地指指沙发上熟睡的许静:不是我,是她喝的。

我感到浑身一肿,汗就哗地一下冒了出来,与此同时,就像刚才那个梦一样,真正的我从这个肿胀的身体里倏地飞出,站在两步开外。

你是怎么办到的?

什么意思?

你是怎么让她把那瓶水喝下去的?

怎么可能?是她自己喝的。她又笑起来,褐色牙齿闪耀着混沌的光泽:她真是个电视迷,一边看一边哭,你看地上这些纸巾,都是她用过的。可能哭太多了,有点缺水,她伸手去拿水杯,眼睛却没离开手机……

你故意的,你看了我的手机,然后故意让她……

让她什么?你手机上有什么?她笑个不停。

好吧,就算许静睡着了,我还在,我不相信她能把我怎么样。

我想试着把许静叫醒。我蹲下来,拍她的脸,揉她的肩,叫她的名字,她全无反应。

不到时间弄不醒的。洁薇的声音冰冷起来:为什么你不替自己想想呢?

我?我有什么好想的?

我要是等不到她醒来呢?她可是来看管我的,我要是不走,岂不是对不起她给的方便?

尽管我比她高一头,块头也比她大得多,但我还是感到浑身僵硬:洁薇,你不能走,你一走就完了,你好好想想,前面真的是万丈深渊。

我一走你们就完了吧?她又开始笑。

我们是有责任,但你更没有退路。洁薇你听我说,你的事还没有定论,他们不会拔高的,拔高了对他们自己也没好处,他们会尽量低调处理,所以你不会有事的,但条件是你要乖,不要搞出乱子来。

我想起刚才做的那个梦,忍不住说了出来。你看,这个梦太凶了,所以你千万不要乱来。

你没听说过吗?梦是反的!谢谢你给我做了这么好的梦。

你要干什么?你不会想……

放心,我不会害你的。我看了你的手机,也看到了你们的对话,越发舍不得害你。

她抱着胳膊在房间里踱步,小裙子的腰围松掉许多,中线也歪了,看来这两天她瘦了不少。她停在我面前,离我仅两厘米的距离。

我想为你做件事,对你绝对只有好处。

对你呢?

她眼底泛起一层红色:不错,还能想到我,我没看错人。说实话,是不是有点喜欢我了?

我点头。梦想近在咫尺,可我却僵硬如尸。

以后,有时间的话,每年去看我一次,一次就好。

去哪里看你?

废话,当然是监狱了。

不会,你不会去那里的。

她闭了下眼睛,像是不假思索地否定了我的预言。

别的都没什么,就是对你不公平,你会一直想念我的,我是过来人我知道,你会一直想念到心里发疼,我走得太早了,太不是时候了,哪怕再过一两个月,你心里都不会这么疼。

我会的,一直都会。我庆幸她一下说中了我的心事,省却了我多少煎熬。

那我就更要为你做件事了。

她走在前面,头也不回地说:跟我来,跟紧,别忘了你是看管我的。

她进了卫生间,在里面向我招手。我乖乖地进去了。

万一外面有监控呢,虽然我知道他们一定还来不及装,谨慎些对你没坏处。

正有点发蒙,她突然扑上来,开始解我的衣扣。我脑袋里嗡嗡作响,浑身鼓胀,呼吸一次比一次短。

你是我见过的男人里面身材最棒的。她不看我,两手飞快地忙着,我很快就被她剥开了,上衣披挂在身体两侧,皮带抽出来扔在地上。哇!真的有八块啊!她柔滑的手径直向下,敏捷地滑进那里,我已魂飞魄散,但还是挣扎着问:她会醒过来吗?

她能在明天早上醒来就不错了。她的目光狂乱起来:别想她了,想想我吧,今晚肯定是我最后的自由了,我们狂欢一次吧。

我还能说什么呢?只能松开身体的缰绳,牢牢地、紧紧地环抱着她,恨不得把她嵌进我的身体里面去。她在我的怀里越来越软,又软又弹,我感到我勃起得厉害,连头发丝都竖了起来。

她一只手反过去，我以为她要脱下裙子，哪知她只轻轻一提，身体随之扭了几下，紧贴皮肤的小裙子就滑了上去，变成一条宽宽的腰带，与此同时，松紧带一般窄小的底裤无声地滑落脚边。再一用力，我就被指引着坐到了马桶上，她跟着跨坐上来，老天！我感觉我还没给出命令它就已经深深地扎了进去。

我分两次才彻底醒过来。

第一次醒来时，眼前晃动着好多只脚，都是皮鞋，黑色的，深蓝色的，咖啡色的，我还瞥见了绿白两色棋盘格的地砖，隐约有人在说：他动了！动了！然后就什么都没有了。

第二次醒来，我已在医院里。护士告诉我，我的伤在头部，一把铁锤敲在那里，幸运的是伤势并没严重到那个地步。

什么，铁锤？

你真的什么都不记得了？你在值班室值班，被人袭击了。

我想起一件事来，紧接着，我什么都想起来了，脸上一阵燥热，借口伤口不适，皱起眉头呻吟了一声，与此同时，我的手伸向裤腰，谢天谢地，裤扣和皮带没什么不妥。

过了一会，妈妈进来了，她两眼红肿，憔悴不堪。

多亏了你爸爸。

我睁大眼睛问她。

你出门的时候，你爸爸就说他预感不好，他担心你完成不了这个任务，你走了没多久，他就跟出去了，一直埋伏在你们值班室外面,还真的给他料到了,凌晨两点多的时候,他看到洁薇跑了出来,就知道没好事,赶紧打了你们保卫部经理的电话。要不是你爸爸,她这一跑,恐怕要天亮时才会有人发现,人抓不到了不说,你现在还不知躺在哪里呢。说完又抹眼泪。

你说他埋伏?埋伏在哪里?我在脑子里迅速搜索了一下值班室外围,值班室就在大楼的裙房里,四周光秃秃,无处可以藏身。

我也不知道,反正他说他通宵没睡,还说有生以来就这一个通宵熬得最值得。

那,洁薇现在在哪里?

肯定把她控制起来了嘛。我也不知道她在哪里,我要是知道,我就去找她算账了。狠毒的女人,她是把你照死里打的,根本没想给你留活路。

奇怪,我完全不知道她是怎么打我的,也没发现过值班室里有铁锤,以及任何可以当武器的东西,倒是许静往里带过一点安眠药水。对了,许静呢?我大声问妈妈。

还说呢,谁给你们出的馊主意?搞什么安眠药水!该喝的人没有喝倒,不该喝的人倒喝了个饱……

这么说来,他们什么都知道了,那,马桶上的狂欢呢?

我心里虚虚地问:被发现时,我什么样子?

还能是什么样子呢?面朝下趴在地上,地上一摊血。再人高马大,也敌不住她从背后偷袭你呀。

稍稍放了点心。看来她敲了我一锤后，又替我整理好衣服，布置了一番，才拔下钥匙，拉开门逃出去。

爸爸也到医院来了，一来就仔细察看我的伤口。

肯定是她故意跟你套近乎，穷吹海聊，让你放松警惕，然后趁你不注意，一锤子砸过来。幸亏她力气不够大，她要是再强壮那么一点点，你现在恐怕已经在殡仪馆里了。早就跟你说过，不要跟这种爱慕虚荣的轻浮同事做朋友，如果你不是拿她当朋友，跟她嘻嘻哈哈放松警惕，就凭她那个轻飘飘的模样，能把你一个男子汉放倒在地？幸亏我多了个心眼，否则你这条小命肯定没了，一个人躺在地上流血，流到天亮，还能活下来？

我不知道洁薇正式移交公安部门跟她这天晚上的试图逃脱有没有关系，反正我出院时，她已经被关押起来了。

行里开了全员大会，行长用凝重而低沉的声音通报了近期发生的事故，台下静得吓人，连有人在脖子上抓痒痒的声音都听得到。

我以为我和许静就算不被调查，也会很尴尬，甚至被行长厉声警告，没想到行长是这样说的：

他们没有武功，也不擅擒拿格斗，他们不过是普普通通的银行员工，在早有预谋者面前，他们甚至来不及抵挡，但就凭他们义不容辞接下看守任务这一举动，已足够赢得我们对他们的尊敬……特别是保卫部的……

我听不下去了，我想起洁薇说过的话：我要为你做件事，对你绝对只有好处。

我们得到的"尊敬"很快就兑现了,两个星期之后,我被晋升为保卫部副经理,而保卫部经理已经五十八岁,高血压正时不时地偷袭他。许静则调整到机关,做事后监督员,这工作的自由度比在柜台上大得多。

善后小组向大家公布了调查结果,除了她干妈那笔被冒领的六十万元,两年多的时间里,洁薇经手的理财产品共有三笔类似的操作,而一旦发生冒领,势必发生更多的冒领和伪造,她只好三个坛子两个盖子地腾挪下去,今天用张三的钱来填,预见到张三要来对账,明天赶紧用李四的钱来填张三的洞,依此类推,用王五的钱来填李四的洞,用赵六的钱来填王五的洞……如果她不去参加那个业务技能比赛集训,很可能她干妈至今都发现不了,她的腾挪术还会像马戏团的小丑那样危险而精确地玩下去。

难怪她那么不愿去参加业务技术比武,她必须死守自己的阵地,确保她的链条不掉扣,即使掉扣也能在紧张关头想办法把它粘接好。

有一天,一个穿深蓝粗布制服的憔悴灰暗的男人来到保卫部,他说他是洁薇的丈夫,来替她拿回她的个人物品。我从桌后缓缓站起来,我所认识的洁薇明明是单身。

望了他一阵,我才带他去大厅,洁薇的个人物品一直锁在那里的某个小柜子里。

路上,我忍不住说:为什么我以前从没见过你?

男人停下来,向我摊摊手:她不让我到这里来,嫌我丢她脸,其实我们以前是一样的人,都在工厂做工,后来她遇上了贵人,才搞到这份工作。

我点头,越看越觉得他配不上洁薇。

其实我们已经婚内分居多年,只是没办手续而已,她贪的那些钱,我又没看到一分,现在却要替她承担债务,你说冤枉不冤枉?

打开大厅经理位的柜子,洁薇的气息扑面而来,没吃完的坚果、豆子,开了封的口香糖,一本关于银行结算业务的书,一本工作笔记,两支笔,一只小手电筒,一面带粉扑的小镜子,一包抽纸,还有一双备用的长筒丝袜。他扒拉了一会,端出抽屉胆,全部倒进一个塑料袋里。

对了,你能不能告诉我,她的公积金要怎么取?

我把他带到财务部,到了办公室门口,我突然伸手拉了他一下,问他洁薇现在在哪里,这里有人想去看看她。我到底没勇气告诉他,想去看她的那个人就是我。

别去看她了,谁都没去看过她,我没去过,她父母也没去过,他们已经气瘫在床上了。听说她在里面绝食,被强迫做了鼻饲。真是早知今日何必当初!

他撇下我,迫不及待地进了财务室。我在门边站着,我还有话问他。

不一会,他出来了,手里拿着一个信封,频频向里挥手,满脸堆笑。见到我,忙不迭地跟我说:你们的福利真好,公积金比我们那里多多了。

我从他那里要来了洁薇父母的住址。我想我要是去看她的话,至少得带上她父母的最新消息,她应该牵挂着这个。他边给我写下地址边说:如果她还有什么钱没领,你们应该通知我,法律上讲,我是第一受益人。

那是一栋老旧的建筑,铺在墙体外的水管出了问题,虽不见明显漏水,但墙上的绿苔生得油光水滑,楼道黑暗,充满酸菜与煤烟的混合味道。

敲了好久,能听见有人应声,却不见人开门,想起她丈夫说的他们气瘫在床上的话,觉得自己这样执着地敲门实在是太不礼貌了。

正要离开,一个老人跛着一条腿出现在我面前,再一看,他一只胳膊也不得劲儿。当我说我是洁薇的同事时,老人低下头,默默走向摆放着简单茶具的饭桌。

老头,谁啊?一个虚弱的声音从里屋传出。

她同事。老人冲里屋喊,回头对我说,她妈,病了。

我拿出事先准备好的红包,老人坚决不要,我急了,猛地向前一步,一把抱住满头白发的老人。我是洁薇的好朋友。我一字一句在他耳边说。

他似乎愣了一下,叹了口气,在我背上拍了拍:我们家好不容易有了点转机……她妈一辈子没工作,弟弟去年才找关系进了我退休的厂子……说什么好呢?太不成器了。

我想起她以前说过的话,我妈在卫生局工作,分管药品药材,又爱占便宜。她怎么那么机灵,张口就来,不由得人不信。

她丈夫前几天到我们单位去过,这事您知道吧?

哦?不知道,我们都两三年没见过他了。他去你们单位干什么?

一些小事。我突然不想告诉老人关于公积金什么的,法律上讲,子女与丈夫的权益总是优先于父母。

他们两人感情上出了问题,不在一个锅里吃饭两三年了,她想离婚,男的不同意,说政府有规定,不能跟下岗工人离婚,其实他并没下岗,不过是找借口拖住她。她从家里搬出来,一个人租房住,我估计她急着买房子,那也不能乱来呀,这个糊涂东西……

屋里又在喊老头:你跟他说,我女儿是遭人陷害的,我女儿不可能干那种糊涂事,一定是有人成心害她。

老头不理屋里的叫喊,垂着头说:早知如此,还不如就在工厂里干,夫妻和睦,平平安安。

你叫他进来!叫他进来!我来说!

老人住嘴的间隙,屋里的声音清晰地传了出来。

正要进去,老人拦住了我:你别进去了,她现在逮谁骂谁,你犯不着被她骂几句。

我被老人推了出来,站在布满煤球炉子和杂物的水泥走道上,心情异常复杂。如果我是洁薇,我会怎么样呢?恐怕当务之急也是买套房子吧,可惜生财无路,还一天到晚被拘在大厅里,拘在柜台后面,拘在那几个客户面前,她的视野决定了她只能动那些客户的脑筋。

冬天里才得到洁薇的准确地址。

经过周密计划,我选了个双休日,坐上了通往劳改农场的长途汽车。

担心人家不让见,我谎称自己是她表哥,代替她无法行走的父母来探视一下。

信息输进去之后,我忐忑不安地等在接见室里,心里想着她大概是何等模样,因为上次她丈夫说过,她在里面闹过绝食,我想象不出有过这种经历的人,会委靡到何种程度。

等了很久。我猜里面的程序很复杂,何况她是新进来的。

一阵响动,洁薇终于出现了,尽管她剪了个一刀齐的短发,又穿着灰不溜秋的劳改服,我还是觉得眼前一亮,发型固然一般,但她蓬勃的生命力在发丝上流淌,它们那么光滑,油亮,闪着哗哗的黑金之光。

她冲我"嗨"了一声,摇摇小手,笑容仍像以前那样灿烂,两眼依旧放光,丝毫看不到曾经因为绝食而被迫鼻饲过的痕迹。

受她感染,我也欢快起来,大声说着近期发生的可笑见闻,以及无聊的明星八卦,她频频点头,原来她都知道。这里可以看电视看报纸,还可以上网,比我想象中的好多了。她飞了飞可爱的卧蚕眉说。

既然她都知道,我就没必要说了,我得说点我想说的,电视报纸上看不到的。有点无法启齿,想了想,我这样开了头:

大家都很想念你。

不可能。她笑得一点都不勉强。

特别是我。喉咙里一阵哽塞。说呀,说点什么呀。我感到我的嘴唇在发抖,但我不知该怎么说,这里的环境让我有压力。

她垂下眼皮:不要想太多,好好工作,年轻的保卫部副经理,你会有个好前程的。

我才不要什么好前程!我突然失控地叫起来,我完蛋了,我走不出来了你知道吧?我一直沉浸在那天晚上,我他妈太没出息了,就像被鬼迷住了一样。

没事,这是正常的灾后反应,用不了多久就会过去的。

去你的正常!去你的反应!

小混蛋!她笑得更开心了,说真的,赶紧去谈个恋爱,找个小姑娘,每天哄哄她,骗骗她,不高兴时冲她发发脾气。

谈个屁!

她还是笑,一边笑一边慢悠悠地说:十五年以后,你应该早就当爸爸了吧?到那时,如果你在街上遇见我,肯定认不出我这个老太婆了,没身材,没相貌,没气质,没钱,没爱,我应该也认不出来你了,男人一结婚,就是男人而不是男孩了,我庆幸在你还是个男孩时认识了你……

我见过你丈夫了,他去拿你营业部的东西,还取走了你的公积金,我也去过你家里,见过你父母,我全都了解了,我才不要谈什么恋爱,我要等你出来,我要赶跑他,取代他。

她猛地收住笑,两团红云在颊边腾地升起,渐渐蔓延发际、耳根,连脖子都跟着变红了。你、你不该这样的……你怎么可以……

他们都是好人,但你不该过那样的生活,你跟你生活中的一切都不匹配,跟你丈夫更不相配,我要把你救出来。

我本应该说得深情一些、恳切一些,可我听到我的声音干巴巴的,就像脸红的不是她,而是我。

她鼓足勇气般抬起通红的脸:其实你见过他一次,还记得吗?那次晨跑,我们正在吵架,你迎面跑来。

哦,天!

她的脸红得要滴出血来。现在你知道了吧,我的生活并不是你看上去的那个样子,我有一件光鲜的外衣,里面却是一堆烂棉絮。

没事的,大家都活得很费力。

就你一个人知道就行了,我不想再有第二个人知道,求你!

当然当然,这还用得着你叮嘱吗?从现在起,我会每两个星期来看你一次,不出五年,我一定想办法让你出来。

得了吧,你爸爸不会让你来的。她脸上突然一紧,红云倏地消退,白中带黄的脸凛然起来。

接见时间到了,我跟她说我两周后再来,她有任何需要,都可以告诉我,到时我一并带来。

不必了。她站起来就走。她的身子比以前更单薄了,宽大的劳改服像挂在衣架上一样晃来晃去。

我想起她说她讨厌宽松的裤子和裙子,感觉像没穿衣服一样,决定下次来的时候,至少可以给她带几件紧身一些的衣服来。

到门口了,她突然停下来,身子斜斜地抓住门框,喊了声我的名字,突兀地送我一个笑脸,轻轻摇着小手。她以前把这个再见的动作叫作擦玻璃。她足足擦了五秒钟玻璃。

她进去了,我还在回味刚才的身姿和笑脸,以及擦玻璃的动作,像一帧照片,嵌在门框那里。

一个星期好不容易过去,又从周一好不容易数到周三,我开始准备行装,大号背包里,装着给她新买的紧身弹力牛仔裤,以及一些小东西:护肤霜,润手霜,针线包,口香糖,手帕,巧克力,坚果,还有一本股票入门。以她的聪明劲儿,在里面好好研究几年,出来了我们大炒一场,说不定就咸鱼翻身了。

爸不知何时来到我房间,我放下背包,随手将一件衣服扔过去,盖住它。

有人送了张电影票来,明天晚上的。

什么意思?相亲?我不要。

听说是个老师,女老师还是比较靠谱的。

你知道谁靠谱谁不靠谱?你不过结了一次婚而已。

别人我不知道,像洁薇那种人我一看就知道不靠谱,你知不知道你曾经面临多大的危险?她差点把你拖进去。

不要这样说人家,我一个保安,人家拖我有什么用?

她去比赛的时候,不是要你给她站岗,她干妈一来你就给她报信的吗?

我想起了什么,慢慢回过身来:那天……不会是你去把她干妈叫来的吧?

爸爸一笑:你能这样想,我很高兴,说明你已经认识到了社会的复杂性。

他一边说一边摘下眼镜,掏出绒布专心致志地擦起镜片来。

一只手抽搐般动了一下,我以为它要发力,结果它软绵绵垂下了,所有的血液飞快地向心脏聚集,我听见我的心跳得像擂鼓,手脚却像婴儿一样无力。

你会断子绝孙的!我一个字一个字地说。

怎么可能!你不是好好地坐在我面前吗?他往另一只镜片上哈了口气,轻快地擦起来:明天相个亲,不出两年,你准能当爹。

他把眼镜举高一点,看了看,戴上,说:清晰多了。

一辣解千愁

两年前的一个下午,父亲给我打来电话。

平啊,跟你说件事,我要结婚了。

我当时正端着一杯茶,手一抖,茶水洒了一身。想象一下吧,安装心脏支架不到一年、公费医疗卡必须跟门钥匙串在一起以便随时启用的老头,居然说他要结婚了。我一边想象他兴奋得皱纹满脸乱跳的表情,一边尽量平淡地问他对方是什么人。

簸箕湾的人,现在跟儿子住在宜都。人很善良,很会做菜。我这个年纪,只图这些,别的都不管了。

这个别的都不管,明显隐藏着诸多不如意,比如对方既然来自簸箕湾,肯定是个农妇,说不定还是文盲,说不定还很穷,说不定……与此同时,我眼前闪过一双老谋深算的女人的眼睛,肯定不会太老,太老就不必营谋,也不会营谋了,我只是不明白,一个退休多年大半积蓄都扔进了医院的中学老师有什么值得营谋的?难道图我这个继女将来依法给她养老?那可不一定。

你们怎么认得的?我不相信他这种情况身边还活跃着媒人。

我返聘那几年,跟她儿子在一个教研组,她儿子见我一个人,时不时叫他妈过来帮我烧烧饭,就这么认识了。我们不准备办婚礼,就拿个证,一家人一起吃个饭。下个月二十号,你们回来吗?……

原来儿子才是营谋者。来不及考虑回不回去的问题,我打断他:证已经拿了吗?其实,现在很多老年人结婚,都不拿证,住在一起互相照顾就行了。

那不行,名正言顺,以后才好相处。

谁跟谁相处?难道那女人要拖着一大群儿孙进驻我们家?过年过节我要跟这些陌生人互相串门?我猜肯定已经有人揭开了我床上的防尘床罩,铺上了陌生的床单,墙上母亲的遗像肯定也藏到了某个角落。好吧,不管怎么说,他有这个权利,如果我大喊大叫,惹出他心脏支架内的血栓怎么办?

放下电话,立即打给姐姐。姐姐一上来就嗤的一声冷笑:荒唐吧?!他就没干过一件好事。看来父亲第一个报喜电话并不是打给我的。

没过几天,父亲又打来电话:证已经拿到手了,没想到现在拿证又快又便宜,连办证带照相,只要十一块钱,半个小时不到就全办好了。他兴致勃勃地讲着办证经过,我清了下嗓子,骑在他的声音上说:如果我七十一岁,我绝不……我不是反对你,所以我特意等你拿了证才说。

我知道……你们不同……我太寂寞了。他的声音马上打蔫儿了。

好吧,他又赢了,尽管他每天早上都去滨江公园打太极,上午在广场上用笤帚蘸水教人写字,下午去宜红茶馆喝茶,喝完茶又被老头老太叫去打麻将,尽管他把时间填得满满的,但谁又有权否定别人的寂寞呢?

那个月二十号,我没有回去,并非抽不出时间,而是我实在想不出我该挂出什么样的表情去参加他的婚礼,因为我正在办离婚。我运气真不好,竟无意中撞见了丈夫跟另一个女人的秘密,这事没什么可说的,我的原则就是这样,你在外面有点事无所谓,但你不要让我知道,一旦知道了,绝无回转余地,否则只怕会闹出人命来,我当然不想出人命,从孩子出世那一刻起,我比谁都想活到一百岁。烦人的是他不想离婚,他居然说他错了。他真蠢,我宁可看到他在两个女人间难以抉择,也不要看到他不由分说就宣布自己错了。尽管如此,我还是在父亲结婚当天,找了个地方独自为他喝了两杯,我想我还不如一个行将就木的老头,他到这个程度还有热气腾腾的爱情送上门来,我呢,还不到四十,刚刚挥别了十多年的跌跌撞撞,自以为终于找到了可以栖息一生的树枝,坐下来繁衍生息……这打击足以令我后半生再也站不起来,就算勉强站起来也是个内伤严重的残障人士了。

我把自己喝到微醺,给父亲打了个电话,告诉他我已经打了一小笔钱到他卡上,算是我的贺礼。

哎呀,没必要给我打钱,你留着自己花呀,你用钱的地方比我多得多。父亲语调雄浑,一听就是喝过酒的。

受到父亲的感染,我借着酒劲说:贺礼还是要送的,不过我有话要说,搞好避孕,我不想再有弟弟妹妹了。

父亲在那边嘿嘿直笑:那是那是,听你的。

咦?你不能这么说吧?你应该说,那怎么可能呢?绝对不可能嘛,你应该这样说,我才高兴。

父亲一个劲地笑,笑完了长叹一口气:平啊,这个心脏支架把我装清醒了,我的人生,早就结束了,现在的人生,其实是那个心脏支架的人生,既然是这么个破人,就让我随便怎么处理了吧,反正也没人稀罕它了。

这时他才告诉我,姐姐也没回去,因为她有一个很重要的会议。

这是应该的,工作为重。对你们来说,我已经没用了,是负担是垃圾了,我这么做,就是自动排污,给你们减轻心理负担。我只有一个愿望,等我死了,把我和你母亲的骨灰放在一起。

一番冲动的对话过后,我们说到了那边的细节,既然来自簸箕湾的女人是跟做老师的儿子住在一起的,儿子一家三口当然要参加婚礼,当天,那女人一家四口,加上父亲一共五个人在饭店里吃了顿饭,然后各回各家。我擦擦眼泪,擤了把鼻涕说:我怎么感觉你被他们绑架了呢?

父亲就笑:怎么是绑架呢?他们都已经叫我爸爸、叫我爷爷了。

我叫起来:不行,你是小本的姥爷。

小本是我儿子。

说起小本,你告诉小本他爸爸了吗?他怎么看?

停了片刻,我决定告诉他真相。

父亲在那边半晌没吱声,等我要挂了,他才说:平啊,你听我说,这只能说明一件事,他不配娶我的女儿,老天爷这是在帮你淘汰他。

大约是婚后第二个月,我收到父亲一个包裹,里面是几包咸菜,包装严实而漂亮,经过长途跋涉仍然样貌不改。内容也不错,居然有我最喜欢的酢辣椒,这可是宜都人世世代代吃不厌的好东西,一年做一次,做法都一样,但做出来的东西却是一家一个味。我当即尝了尝,味道相当不错,只是辣得让人跳脚,一口下去,鼻头冒汗,浑身发热,不得不狗似的伸出舌头来。偏偏越是辣,越是丢不开,胃口开得比饿口还大。好不容易止住辣了,一个大不敬的念头冒了出来:似乎比当年母亲做的还要好吃呢。

不管怎么说,得打个电话回去致谢。我在电话里冲父亲嚷嚷:她的酢辣椒是用什么鬼辣椒做的?她想把人辣死吗?辣也就罢了,还那么香,又香又辣,存心不让人活了!你告诉她,我已经两天没吃别的菜,光吃她那个鬼酢辣椒了。我听见父亲在那边嘿嘿直笑。

的确有点夸张。我这样想,既然父亲已经落到了她手里,不如哄哄她,至少对父亲有利。

父亲的第二次婚姻只持续了一年多。他在电话里告诉我不行了时,我还以为是他的婚姻出了问题,不等细问,他又说:早知如此,就不装那个支架了,那么贵,本都回不过来。

父亲是在医院里给我打电话的,支架里也出了血栓。没想到这么快。

他倒看得开:我今年七十三,大关口,该去了。

我把小本暂时托付给他爸爸,一个人往回赶,没有回家,直接去了医院,一个五十多岁模样忠厚的女人站在医院门口冲我笑:我是你后妈。她的嘴唇生得不错,略厚,饱满,笑起来时,依然有曲线和轮廓。在我的经验里,长着这种嘴唇的女人,年轻的时候是最具青春美又最浑然不知的。

我奇怪她怎么知道是我,她说她看过照片。你比照片上好看。她说着,一双眼睛在我脸上来回扫。

她很知趣,我一进病房,她就闪了出去,把时间留给我和父亲。

这回真的完了,昨天来了一个小孩,都不敢靠近我,孩子的直觉最准了。

放心吧,你能挺过来的,关口又不止一个,还有八十四呢。

父亲惨然一笑。

你的第二任妻子怎么样?不是说她做饭好吃吗?我要是你,就快点好起来,然后一天吃它五顿八顿,不然太亏了。

父亲做出一个苦苦的笑脸,快快地摇头:躺在这里才知道,她是她，我是我。

病成哲学家了。看父亲气息微弱的样子，不想让他说太多话，低下头去帮他按一按，捏一捏，虽然不一定有用。

后妈来替我的时候，我去医院旁边的一个旅馆里订了个房间。果然不出我所料，后妈的孙子住在我们家，因为那里离他学校近，幸亏我没有冒冒失失直接杀到家里去。本想去医院食堂买张饭卡，被她拦住了，说无论如何我的一日三餐应该由她全权负责。我接受了，我把这看作是她对我不能住在家里的补偿。

晚上，我躺在旅馆里给姐姐打电话，向她汇报父亲的病况。姐姐在银行工作，比我更难请假，除非是奔丧。我向姐姐倾诉回家也不得入门的痛苦：在家里，一个人无所事事是慵懒，在旅馆，就成了恓惶的丧家犬，都是因为她，把我从主人变成了客人，变成借宿都成问题的亲戚，我的感觉真的很不好，她完全把他霸占了，她离他那么近，喂他吃喂他喝，说着他们的家务事，都是跟我不相干的事情，说真的，八年了，我第一次感到母亲彻底死了，不存在了。

姐姐哈哈大笑，笑完了她说：我有同学在那个医院，我刚打过电话，她说最多还能拖三五天。反正他有老婆伺候，你没事别总待在医院里，也别待在旅馆里，出去找个店，洗洗头洗洗脚，东逛西逛，一天很快就打发了。

姐姐永远都是这副没心没肺的腔调，所以我暂时没告诉她我离婚的事，我能猜到她的反应：不一定是坏事，至少你多了一次修改机会,好文章都是修改出来的,人生也一样。

受了姐姐的暗示,第二天,我真的在小城街上闲逛起来,洗头,逛店,泡茶馆,洗脚,按摩,重温各种街头小吃。有一次,我逛到自家楼下来了,数到第四层的阳台,上面晾出来的衣服一派陌生,我口袋里有钥匙,但我相信他们肯定换过锁了。望了一阵,黯然离开。这个地方,曾经是我的一切,现在却连临时驿站都算不上了。

一直逛到晚上七八点,才决定无论如何也要去父亲床边报个到。

她还在医院里,在父亲床边走来走去地收拾,不像是在照顾病人,倒像是在收拾厨房,洗涤过后,一切各就各位,妥妥帖帖。父亲睡着了,脸上全无人色。

你回去休息,我来。

她拉着我往外走:没事的,刚刚挂完一天水,累了,可以睡个长觉了。

老实说,被她拉着手,我有点别扭,又不好意思径直甩脱她。

到了收费处,我借口看父亲的账单,才名正言顺地抽回自己的手。

这以后,我小心翼翼地保护自己的双手,不给她以任何靠近的机会。

我们娘俩走走吧,顺便说说话。她的手是没伸过来了,但我感觉她的舌头比手伸得更远。按说,我的不自在,她多少也会感觉一些的,毕竟我们是两个自古以来就尴尬无比的角色,何况我们还是第一次见面。她到底是哪里跟我不一样呢?

我有做得不对的地方,之前应该先跟你们见一面的。你父亲这个人性急,事情定下来后天天往我家跑,我又不是一个人住……他说不要紧,说我的儿子儿媳都是知情懂理的人。

我一笑:你们觉得好就好。

跟以前一样,这里还是你们的家,以后没事多回来看看,你爸爸很想你们呢,知道你们都很忙,这个年纪了,能多陪他一天就多陪他一天。

我在心里哼了一声:明知他已经没以后了,还在这里耍外交辞令。

她颠了一下挎在胳膊上的环保篮,那里面装着父亲替换下来要带回去洗的东西,还有吃过饭的碗碟。我想帮她,她拒绝了:我这辈子,除了小时候依仗过娘,长大后没一个人帮过我一指头。

我没接她的话茬,我对她的人生不感兴趣,等父亲走了,这个小地方,我多半不会再回来了,我不想带走这里一丝一毫,当然也包括她的故事。

但她不依不饶地继续找话题。

孩子爸爸的事我听说了,没事的,你还这么年轻,多的是机会。以后家里有什么需要帮忙的,尽管说。

我听得火星一冒,愤愤地甩出一句:不是每个女人离了男人就没法活的!

那天我特别叮嘱过父亲,不要让老家那边的人知道我离了婚,反正他们也没见过我丈夫,我不想未来某一天,他们指着我的孩子说,那是她前夫的孩子。没想到他答应得好好的,转身就告诉她了。

第二天中午,我在一家手工编织毛衣店里接到后妈的电话,说父亲不行了。我一边往回跑一边给姐姐打了电话。

赶到病床边时,父亲正在作最后挣扎,来不及跟我说句话,吐了口气就走了。

这之后,我们忙成了一锅粥,葬礼、白宴,各种联络和打点,昔日的同学全都被我从各个角落挖了出来,当然还有后妈一家人,她儿子带来了大帮朋友,大家一拥而上,虽然嘈嘈杂杂,倒也有条不紊,父亲很快就被弄进了火葬场。

我第一次见到后妈的儿子,也就是父亲返聘期间的同事,毅然为自己母亲做媒的男子,比一般男人都单薄,走起路来轻悄悄的,嗓音沉静细弱,宛如女人,却有一身与之不相称的毛发,头发浓黑如漆,微卷,胡子尽管刮得彻底,半截脸还是青杠杠的,一眼望去,只有鼻子额头和眼眶周围是净皮净肉。因为年纪比我小,后妈让他叫我姐。他伸出手,自我介绍叫牛勇。我不禁浑身一震,那是一只什么样的手啊,又软又凉,如同握了一截冷血动物。

再看他的儿子,却是直发,且身形壮实,阳气十足,显然,他阴冷的气质在遗传上没有占上风,一切都让位给了他明亮健康的妻子。

很快我就发现,比起姐姐来,他似乎更加注意我,比如他主动询问我的返程日期,以便帮我订机票,比如抽空跟我聊起越来越发达的高铁网络,感叹今后坐火车出行如何方便,还跟我说起上海的养老事业如何人性化,他们把养老机构分散设置在社区,让老人可以在家中养老。他甚至还举了个例子:比如那个一元堂……

姐姐及时把我叫过去了,低声狠气地跟我说:跟他黏糊什么!父亲一死,我们跟他们就毫无关系了,我可不想多一门不相干的亲戚,也不想把我家变成他们设在大城市的办事处。

人家没那么不知趣吧?

反正我对他没好感,竟然给自己的母亲做媒!想想都浑身起鸡皮疙瘩。

谁知道是怎么回事?父亲那个人你还不知道吗?

在我们的成长史中,父亲一直是个有污点的存在,他课教得好,也有资历,很多人都说,他要是没有那个污点,早该当上校长了,可他却干了一辈子任课教师,连个教研组长都没当过。他因此常年不快乐,面色发暗,嘴唇发青,比起他的学生来,他在我们姐妹面前更严肃,一直如此,这也正是我们长大后迫不及待往外跑,一个往北一个往东越跑越远的原因。至于那个污点到底是什么,我们至今都不十分清楚,只知道跟女人有关,但没人愿跟我们细说,母亲更不肯说,因为那也是她的耻辱。有时我们会试探性地讨论一下。

父亲那样,也许母亲也有错。

他们都有错,因为他们没有教给我们如何跟男人相处,这是我们的先天缺陷。

话说到这里,我索性告诉了姐姐我的家庭变故,她的反应跟我预期的差不多:好事儿啊!至少图了个眼前畅快,忍气吞声不一定都有好结果。

捧回父亲的遗像后,我和姐姐婉言拒绝了后妈安排的晚餐,默默来到长途汽车站,一人买了一碗快餐面。

我告诉姐,在火化之前,我看到她哭了,哭得还挺凶。

姐说:大概是在哭她自己命苦吧,本想找个有退休工资的男人养她几年呢,好不容易找到个饭碗,没想到是破的。

肯定是妈生气了:哼!还想抢我的饭碗,我吃不成了,你也别想吃!于是愤而砸之。

我想象母亲怒砸饭碗的样子,捧着面碗笑了起来。

还没吃完,姐姐的车先来了。

这回倒准时起来了。本来还想跟你聊几句的。保重哦。姐姐放下面碗就跑。

等我捧着面碗小心翼翼站立起来时,姐姐已经拐过那道不锈钢栅栏,不见了。

本该在葬礼上掉落的眼泪终于姗姗来迟,一颗颗砸在面碗里。冷淡的夫妻,才会养出冷淡的孩子,自童年开始,在漫长的寂静和冷眼中,我们早就学会了克制感情,习惯了忍受孤独,一直以来,我们姐妹都在同龄人中以理性著称,我们是最文静、自理能力最强的两个女生。

大约是父亲去世后第三个月,一天晚上,门铃突然响了,拿起一听,竟然是她:平啊,我是你后妈,给我开下门。

足足迟疑了十秒,我才按下开关键。

门一开,她拎着大大小小三个撑歪了的包,跟跄着扑进来。

我……不知道你要来。

她笑笑:我要是先打招呼,你肯定不会同意我来,所以我就先斩后奏了。

这……真的没想到。我的家教妨碍我脱口而出:这里不欢迎你,请你马上离开。

我是来帮你的,我知道你现在需要人手。

怎么好麻烦你？我可以请家政工。

我不比那些人差,而且我是免费的,家政工多贵啊。

你家里不是还有上学的孙子吗？他们更需要你。

至少这几年里,我还能安排我自己。

她是坐火车来的,路上走走停停近十个小时,看看她一对浮肿的脚踝,我不再说话,转身给她沏了一杯茶。

小本没见过她,躲在一边不住地偷瞄。她吹着杯里的茶叶说:小本好孩子,你将来要享他的福沾他的光的,过些年你就知道我说得没错。

这种套近乎的无稽之谈我根本不想搭理,不过,我倒是把小本叫过来,让他叫奶奶。

她马上更正:是姥姥。

小本很乖地说:姥姥好!

我马上想到,小本其实从没见到过姥姥,他出生前,母亲就已经不在了,他会以为这个人真的是姥姥,心里马上不舒服起来,觉得背叛了母亲似的。

但她给我带来一个礼物,是一本家庭小影集,我竟不知道家里还有这样一本影集,主要是我们一家人各自的登记照,很多是从各种表格上揭下来的。一张张看下来,就像看到一部快速播放的家庭纪录片。

你爸爸没事就找出来看看,他说跟那些花里胡哨的合影比,他更喜欢这些登记照。你现在开始,就要给小本把照片拍好,小娃娃一年一个样。

我一点都不想跟她畅谈家事,我只想保持距离,让她知难而退,最好连那些行李都不打开就直接背回去。我强迫自己打了个呵欠,说我要睡了,明天还要早起,就把她带进小客房,她马上说,你去睡吧,我自己安顿自己。

我抱着小本回房,心里直嚷嚷:还安顿自己呢,顶多让你在这里安顿三天。

躺下来却睡不着了,等小本睡着后,我摸索着在被窝里给姐姐打了个电话。

姐姐在那边大呼小叫,兴奋不已:真的?她以为她是谁呀?她哪来的自信呀?你仔细观察观察,她不会是精神有问题吧?别让她接近小本,我觉得你最好去附近的派出所备个案,最不济也该让你的邻居们知道,这年头,哪有随便闯到别人家里去的?爸爸住院那段时间你是不是让她捏到什么把柄了?你看她就不敢到我这里来。

聊了一会,发了一通牢骚过后,姐姐突然一声惊呼:你傻呀!告诉你,尽管张开双臂接受她,她来混她的日子,你白捡一个保姆,各得其所,各满所意,有什么好愁的?实在不喜欢她,你让她到我这里来,我把她使顺手了,再让给你。

房门猛地被人推开了,她站在门口理直气壮地问:还有多余的枕头吗?那个枕头太高了。

我夸张地捶了好一阵胸口,皱着眉头说:差点被你吓死了。随手从旁边抽出小本的枕头扔给她。

第二天,被闹钟吵醒的时候,我闻到了一股似曾相识的味道。推门一看,昨晚刚到的后妈,正系着围裙在灶前奋战呢,那围裙不是我的,难道她连围裙都自带了?我想起她那三大包行李,突然有种想去打开看一看的冲动。

早餐是胡辣汤、玉米面小煎饼。材料都是她自己带来的。说实话,我欣喜万分,从我记事开始,直到母亲去世,胡辣汤就是我们家餐桌上的大爱,既是菜也是汤,热腾腾辣乎乎一碗下肚,额头上一片细汗,我和姐姐小时候都是用它来治感冒的。但我不能跟昨晚的矜持反差太大,只能强忍着略表高兴:哇,有这个呀!

小本居然跃跃欲试,后妈也一个劲鼓励他:吃吧,闻着辣,吃起来一点都不辣。小本尝了一小口,咂巴了一会,还要。

姥姥说得没错吧?告诉你啊小本,这个辣呀,它是人间第一美味,比什么甜的咸的都好吃。

玉米面饼也很棒,金黄香脆,带一层似有似无的锅巴,咬一口,就一勺胡辣汤,久违的畅快淋漓。

她要跟我一起送小本去幼儿园,说要摸清路线,还有菜场和超市的路线。

到了幼儿园,跟小本挥别后,我把她带进了街边的小公园里。有些事我得跟她讲清楚。

都是女人,我们就说点女人之间的话吧,既然爸爸已经走了,你也自由了,没必要把自己困在那个角色上,我和姐姐都是做了母亲的人,我们都不那么需要母爱了。

不能这么说,好歹我们也算母女一场,能帮当然要帮。你就这样想好了,至少我比一般的保姆更安全,我做的菜也更合你的口味,起码我还会做酢辣椒。

但你这样做我会有心理压力。

这样吧,三个月,我帮你三个月,如果你觉得还是不行,我就走,好吗?

不知道是不好意思再坚持下去,还是对她的人生逻辑有了一丝好奇,我不再说什么了。

称呼是个问题,总不能直接喊她"后妈"吧,喊阿姨也不对,就一直含糊着,反正就三个月。

我真怀疑她把家里的厨房整个搬来了,除了让人欲罢不能的辣,还有种种腌制小碟,腌姜丝、腌花椒、腌大蒜、腌芹菜、腌黄瓜、腌木耳,最少不了的还是辣萝卜条,别说,有时犯馋,去厨房里偷吃一口,立马浑身一震,从头到脚都来了精神。

辣不仅打开了胃口,也打消了我们之间的矜持。有一天我问她,她的前夫是怎么去世的。当时她正在切姜丝,她似乎特别喜欢吃姜丝,弄得我也用盐腌姜丝取代了九制话梅。

如果我说我从没结过婚,你信吗?

我看看她花白的头顶,笑起来:也就是说,你的儿子孙子一大家子人都不合法。

真的,严格地说,你爸爸才是我丈夫。

那么早就搞未婚先孕?就当单亲妈妈?

但我的未婚先孕得到了大家的支持,尤其是公婆家。我们那时兴先订婚,过个一年半载再结婚,就在这期间,他出了车祸,我告诉他们我已经怀孕了,我那未过门的公婆抱着我大哭,求我无论如何把他们家唯一的根保留下来,我一感动,就同意了。

你家里人呢?他们也同意?

你猜我妈怎么说?"眼瞅着一桩丑事竟变成义举了。"就像我捡了个便宜似的。话说回来,那个时候未婚先孕是件蛮丑蛮丢人的事情。

难怪我爸说你善良,换作别人,估计是不会同意的。

你爸爸不知道这事,他只知道我男人是车祸死的。

我停住咀嚼,呆呆地望着她:为什么不告诉他?

他没问。她头也不抬,在砧板上一个劲地切,切完了才抬起头来:以前在老家,那些人看着我长大,看着我变老,我那点事他们全看在眼里,哪用得着来问?后来搬到儿子家,周围没有一个认识的人,自然也没人问。一年年拖下来,弄得我都忘了我还有过这么一档子事,你是头一个问的,所以我想都没想就说了实话。

后来呢?一直没改嫁?你不会从结婚就开始守寡吧?我知道了,一定是他们不让你出嫁,因为怕你带走孙子。

她又开始切蒜,唰唰切成薄片,切完了蒜还没倒,还像没切开时那样立着。她用手轻轻一碰,蒜片齐刷刷歪向砧板,也不见她抬手,就听见嚓嚓嚓一阵响,刀下吐出一大片又细又绵软的蒜丝。

反正我再没嫁过人,直到五十八岁遇见你爸爸。

我呆了。这时再看她,竟觉得那细密的皱纹里似乎真的藏着一丝隐隐约约的纯真。

你这辈子也太亏了。

谁说不是呢！怎么样？我从老家带来的辣椒有劲吧？

她似乎不太想跟我深聊下去,而且她一说辣,我马上感到辣得喘不上气来。

以前,我儿子每次考试,都要偷偷藏一点辣姜片在身上,他说吃点辣的脑壳转得快。

我想起办公室里那些昏昏欲睡的午后,叫她也帮我准备一瓶带上。

就等你这句话呢,吃点辣椒长精神。反正我是一天不吃辣,就一天身上没魂。

她倒真是个勤快人,才来没几天,就把我的衣柜翻了个透,该晒的搬出去晒,该洗的拿出来洗,厨房里那些老油垢也都擦得干干净净,连柜顶上都给擦了一遍,铺了层报纸。很多年没享受这种不计价的服务了,渐渐开始有了点温暖的感觉。

正觉得积压的家务都被她干完了,再也找不到活干了,有天下班回家,意外地发现她竟不在,赶紧跑去她房间,衣物用品都还在,应该没有走远。马上就笑自己,这是生怕她走了吗?

果然,没过多久,她就回来了,一副疲惫不堪的样子,问她去了哪里,她一会儿说随便走了走,一会儿又说去找了个以前认识的人,但没找到。

没想到她在这里还有认识的人,又一想,这几年谁不在五湖四海地乱走,没准她真有什么亲戚在这里打工呢,就没细问,只提醒她,最好不要走太远,万一迷路了可以打我电话。

那天楼下贴了个通知,临时外来人员要报告派出所,超过多长时间要办理临时居住证,我找她要了身份证,才知道她叫杨采玉。我看着身份证上她满头的黑发,说:叫你采姨吧?

她很高兴:好好好,比叫杨姨和玉姨都好。

出去找人傍晚方归的事后来又发生过几次,且每次回来都疲惫得要命的样子。有一天,她小心翼翼地凑上来:我能不能请你帮我找找?我去了几趟都没找到。

原来你是来找人的?还说什么帮我。

她不好意思地笑:顺带着找找,找不到就算了。

牛勇知道你是来找人的吗?

他不知道,我也不想让他知道。

我让她把地址给我,她脱口而出:四川路271弄5号203。

地址这么准确,为什么还找不到呢?

第二天,我跑去一看,有这条路,但没这个号。

你确定你没有记错?

这个地址我放在心里几十年了,绝对不会有错。

我告诉她,这些年,城里到处盖房子、扩马路、铺管道、修地铁,从没消停过,莫说是几十年,隔一两年都会有大变化,她这个地址,恐怕早就消失了。

她脸上很不好看,隔了一会,焦灼地说:就算地址消失了,那地址上面的人呢?也消失了?

顺藤摸瓜总会找得到的,但要费点时间。是你什么人?

一个熟人。

几十年前你就在这儿有熟人?

不是在这儿,是在我那儿。她脸上闪过一丝难为情,紧接着补充道:在簸箕湾。

后来一直没联系?如果有通信的话,信封上应该有地址。

她连连摇头:一点点联系都没有。

那叫什么熟人!

不管怎样,我答应帮她去找找。这事也容易,上网一查,就知道她所说的那个地址的确曾经存在过,但那是七十年代末,八十年代变过一次,九十年代又变过一次,到了〇〇年代,那里基本不存在住宅了,现在那里是三条大马路的交汇地,周围都是商业区,几十米开外就是一座立交桥。至于她给我的那个叫张大桥的名字,他的户籍根本没有查到。

没过多久,她又说想找份工作,边做边找。

我马上有种上当很深的感觉,原来进门就打出来的那张感情牌,是为了给自己骗取免费吃住。

她好像猜透了我的心思,说:你家里这点事不够我干的,我晚上随便动动手就能做完,白天那么长,闲着也是闲着,挣点钱,给小本买几支冰淇淋也是好的。

这么一来,可能就不止三个月了,如果她有备而来,我是毫无招架之力的。再一想,她的确也能帮到我,比如有她在家,我才可以加班,虽然加班不常有,但一遇加班我就搬出儿子来推托,也不是个长久之计,如今哪有不加班的工作。也罢,就当请了个钟点工吧,只是这个钟点工是要住家的。

虽然我感觉她身子骨还蛮扎实,但年纪摆在这里,上哪去找工作呢?恐怕连做保姆都没人敢要,怕她一不留神老年病发。

不知哪根神经在提醒我,我想起了父亲葬礼时她儿子提了一下的一元堂,好像是个什么养老机构,那种地方是不是对从业人员要求低一些呢?

我试着在网上查了一下,还真有个一元堂,而且正在招人,只是待遇比同行业低很多,但相对她的条件来说,应该可以知足了。那是个老年人生活服务公司,它的营运方式很特别,老板在一个小区里租了间房,雇用了三四个人,负责为附近三条马路以内的独处高龄老人提供午餐和晚餐,每餐只象征性地收取一元。这一元也不用付现金,而是付一种老板自己发明自己制造的代金币,一元堂定期凭这种代金币去某个地方领取营运资金。我总觉得一元堂只是个宣传窗口,它背后一定有个巨大的商业计划。当然,这是老板的计划,跟工作人员无关,工作人员干活,拿工资,其他的一概不管。

跟采姨一说,她也同意,就带着她去报了名。

很快就被录取了,尽管公司给她发了防撞背心,为表示支持,我还是给她买了双防滑鞋,叮嘱她出去送饭时千万注意安全。

很快,她就把她的辣椒也带到一元堂去了,知道有些老人怕辣,所以只在套餐盒里试探性地加了一只微型小碟,摆上一点点凉拌的辣菜,看看受不受欢迎。出乎意料的是,那些人对这点试探大加赞赏,甚至还有人打电话到一元堂,要求加大凉拌辣菜的分量。

她越做越起劲,开始操心起一元堂的营运来。有一天,她一脸疑惑地问我:你说那个一元堂的老板,他凭什么这么做?一个月光人工费就是几千块,还要买米买菜。

等你成了有钱人,你就能理解他了。

发工资那天,她专门去了一家大超市,买回很多好吃的,我要付给她钱,她生气了:我现在是你家的人,当然要为这个家出一份力。你要是付我钱,就是赶我走,你还在想着赶我走吗?我对你真的一点帮助都没有?

其实她一直没少出力,自从她来了之后,我就再没做过家务,回到家里跟小本玩玩再给他洗洗澡弄上床,其他的就没我事了,作为一个免费的保姆,她已经做得非常出色了,就算她是出于免费混吃混住兼寻人的目的,这个代价她也付得够大了。

为表示感谢,我偶尔会跟她聊一聊,问她一元堂老板长什么样,她说老板从来没有露过面,给他们发工资的是一元堂的经理,一个很年轻的女人,他们叫她费经理,费经理发工资不是从包里数钱,而是直接掏出红包来,每人一个,彼此间不公开。

说起一元堂,她就兴致勃勃:一元堂老板的生意肯定做得很大,凭费经理的模样就可以猜出来,人长得漂亮,还有水平,每次一来,首先感谢我们为一元堂的付出,然后感谢我们为这些需要帮助的老年人的付出,再然后还要表扬我们的工作越来越出色,说我们做着最容易在污染环境方面遭到投诉的工作,结果竟一次投诉也没有,无论厨房还是送出去的餐盒,都收拾得很卫生。那个费经理还为我的那碟凉拌辣菜专门发了奖金呢,她在红包里夹了个纸条,说感谢我为一元堂盒饭带来的小创新。

她把那个小纸条找出来,小心地展开,递给我看。是一张小小的便利纸条,上面写着两行娟秀的小字:尊敬的杨采玉阿姨,谢谢你的凉拌小辣碟。

很有教养的企业呢!我随口说:希望一元堂一直办下去,将来我老了也去买他们的盒饭。

会的,他们都说一元堂会一直办下去的,现在还只是试点,今后会越开越多。

我在想,这个一元堂的老板,他得有多大的财力才敢做这样的梦啊。

虽然进展缓慢,但对张大桥的寻找一直没有放弃,有时我们会聊一聊这个人,对我来说,不是为了方便寻找,而是出于对她过去的好奇。

总觉得你们关系不一般……

话一说完我就想起来了,这可不是那个著名的年代么,知识青年什么的,难道采姨竟是有一阵子在大江南北唱红的小芳?

她也知道那首歌,我一提她就变了脸:最烦那首歌了,把我们农村姑娘想成什么了?还谢谢你给我的爱!就一定是小芳给他爱?就不能是他给小芳爱?

有什么区别吗?

当然有区别,不会有小芳去爱他们的,他们个个好逸恶劳,拈轻怕重,谁会喜欢他们?倒是他们脸皮厚,看哪个长得顺眼就去缠哪个。

我盯着她:张大桥就是那个知青?

她讪讪地去看别处:不光是他,当时他们男男女女十几个呢。

我有办法了,张大桥找不到,其他知青也找不到吗?我叫她再告诉我几个名字,他们知青之间总有联系的。

她赶紧摇手:找不到就算了,谁还记得那些人,这么多年了……

可你却记得张大桥,连地址都记得这么清楚。

她倒吸了一口凉气似的:你厉害!我见你第一眼就感觉到了,你真的厉害。

不是我厉害,是你太傻了,你一开口,我就闻出你心里那点刻骨铭心的味道。其实,你完全没必要遮遮掩掩的,不就是寻找以前的情人吗?现在老年人寻找年轻时失散的情人很时髦,前几天电视台还现场直播了一个,节目组费了九牛二虎之力帮一个老头子找来一个老太婆,俩人当时就在台上眼泪哗哗地拥抱了。你也可以去电视台报个名,让他们帮你去找。

哎哟,快别说了,前两年,我也想过这个办法,结果牛勇把我狠狠骂了一顿,他说只有二百五才去做这种丢人现眼的事。

他有什么权利这样说你?

他有这个权利的,人家骂我,不就等于在骂他吗?她猛地跳起来,净顾说话了,明天的辣碟还没准备好呢。

两个月后,采姨这个一元堂的帮厨正式荣升为主厨,工资也跟着涨了。

主厨好,主厨就不用送饭了,我就怕他们安排我送饭,我害怕见到老人,我觉得老人身上有股阴气。

你自己家里没有老人?我爸爸跟你结婚的时候还是个年轻小伙子?

她大笑起来:我喜欢跟你说话,被你呛得死去活来也乐意。

你要珍惜你能进入这个积德行善集体的机会,这也是你自己在积德行善,会有好报的。

如果真有好报,我就一个愿望,在我死前一定要找到张大桥。

这种感觉很古怪,我父亲的妻子,在我面前念念不忘的却是另一个男人,要求我跟她一起寻找那个男人,而我并不反感。我的脑子快要乱掉了。

有段时间,在城里如鱼得水后的知青又开始了新一轮的下乡潮,他们回到当年插队的地方,跟当年一起下地一起吃饭的农民叙旧,你们那里就没有知青回去过?

有,但他没有回去,就他一个人没有回去。那个地址就是那次我找一个人要来的。

我望着她切菜的背影想,这就麻烦了,这说明那个人根本不想见你,甚至有意在回避你呀,你这个傻瓜加笨蛋!

她在做凉拌芦蒿,她先切了一小堆辣椒碎,细得像泥,拌在芦蒿里,撒点盐,挤点柠檬汁,拌匀后拿保鲜膜封起来,放进冰箱。关上冰箱门之前,一碟辣椒和糖醋汁拌过的藕丁又被她搬了出来。

可以吃啦! 她把沙拉碗递到我面前。

自打她来了以后,我特地买了一套沙拉碗,而且我对零食的兴趣渐渐转移到冰箱里来,随时随地,打开冰箱,总能找到一点脆生生辣乎乎的小吃。

张大桥什么样子? 我咯吱咯吱嚼着问她。

高个子,大胡子,大鼻子,下巴往前伸,他们都说他要是把胡子留起来,会跟列宁有点像。

你那时什么样子? 留着一对长辫子吧?

她微微一笑:那时候就兴那么梳头,辫梢上扎两只蝴蝶结。

她到客房里去了一会,举着一张小照片走过来,是她自己的单人小照片,侧身,回脸,笑意盈盈,一对长辫子越过肩头,搭在胸口,辫梢上的蝴蝶结硬扎扎的,振翅欲飞。比起现在,她年轻时可美丽多了,现在的她,除了那对唇线分明的温厚的嘴唇,其他地方已经完全看不出当年的模样。

你变化挺大。我只能这么客气地说一句。

我能活下来已经不错了。一个女人过得不好,就老得快,老得丑。

有没有他的照片?

她想了想,又去了一趟客房,找出一张报纸来,纸张已经残缺不全,严重发黄,上面有副黑白照片,一群人头戴草帽,手持农具,满心欢喜地站在田里,照片下面有句话:图为簸箕湾知识青年和贫下中农一起战天斗地。

我一眼就看到了她说的那个人,魁梧的身材,微微前伸的下巴,因为胡楂的原因,牙齿更显白净,大太阳底下,他居然只穿一件滚白边的背心,露出来的两肩和大臂肌肉滚滚。她补充道:他是卷发,帽子遮住了看不见。

我把那一小块报纸带到单位,请那些网虫同事们帮我想想办法,看看能不能找到这个叫张大桥的人。他们信誓旦旦地说,除非这个人从来不曾存在过,否则,世上没有找不到的人。

回到家,我对采姨说,这比请私家侦探还要管用,你最好现在就开始收拾收拾自己,准备好跟旧情人相见。

她满脸不屑:有什么好收拾的?是什么样就是什么样。

话虽如此说,有天下班回家,我发现她理过发了,原先一刀切的老年妇女发式,被削得碎碎的,还仔细剪了刘海,看上去精神了许多。不知道是出于什么心理,我打开衣柜,请她在里面挑一身合适的。真看不出来她的骨架原来那么小,基本上我的职业装都适合她穿,她挑了一套深蓝色细条纹毛料套装,站在镜前左看右看。

等我去跟小本逗了一阵回来,她还站在镜前。我喊她,她迷迷怔怔回过头来,脸上的表情大异平常。

我突然想起来了,我以前做过一个梦,我在梦里穿过这样的衣服,真的,一模一样,深蓝色带细条纹。

说明这套衣服就归你穿,拿去吧,送给你了。

她还是那种表情,我们的对话也没法把她从迷境里拉回来。

我在梦里正是穿着这样的衣服跟他见面的,我不会现在还在梦里吧?

这天采姨下班回家,有点累趴的症状,灰着脸做晚饭,强打精神收拾一阵,就一头栽倒在床上,脚瘫手软有气无力的样子。问她,说是送饭累着了。

你不是主厨吗?干吗让你去送饭?

送饭的人请假了,这几天我们都得出去。

她面朝下趴在床上,说话都是断断续续的,想到她的年纪,我开始害怕,谁知道她有什么病没有。

我让她把一元堂费经理的电话给我,她问找费经理干啥,我说我留着备用,哪天你要是累死了,我得让你儿子去找他们要说法去。她听话地背了个号码出来。

我的确是想给那个被她夸得不行的费经理说明利害,让一个六十岁的老女人去送外卖,她最好先给这个员工买个保险。我是不会去买这个保险的,因为她只是我的客人。

费经理的声音简直可以媲美播音员,我打了几遍腹稿依然结结巴巴的说明,她居然听懂了,而且三言两语就处理得清清爽爽:对不起,一元堂的规定是厨师不必送外送,如果她有去,那肯定是她在做自愿调剂,而且是违规的,明天我会过去一趟,勒令她停止这种行为。

第二天,她回来得更晚,我和小本都吃过晚饭了,她还没到家。

正觉得应该再次给费经理打个电话时,门铃响了,是她,她叫我安顿好小本,下去一趟。

我见到她时,她瘫坐在门边,满脸煞白,我以为她中风了,正要打120,她制止了我。

你拉我一把就好了。

我一拉,差点被她带倒在地。

我是被人气成这个样子的,我一气,就浑身无力,没有人拉,一个人是起不来的。

那你怎么回来的?

我不能倒在大街上啊,好歹硬撑着到了这里,就再也撑不住了。你别怕,我在家里也这样,我不怕苦不怕累,就怕有人气我。

我用扛麻袋的姿势将她拖了起来,果真就像她说的,一旦站起来了,她的力气就慢慢恢复过来了。这真是个奇怪的症状。

谁把你气成这样的?

待会儿,等小本睡了,我把来龙去脉都讲给你听。

以下是采姨在夜深人静时分讲给我听的故事。

你说得没错,我就是那个傻瓜小芳。张大桥和那些知青们到我们簸箕湾去的时候,我刚满十八岁,已经有了未婚夫。张大桥那个人不仅在知青中威信很高,在我们生产队也很受欢迎,有什么事要跟知青说的,只要跟他讲一声就可以了,我父亲那时是大队的治保主任,跟知青接触较多,知青们收了工,没事都爱来我们家串门。我家菜园子就在门口,每次他们来串门,我都会到菜园子里去干活,不然,坐在他们中间算怎么回事呢?你没经历过那个年代你不知道,即便到了农村,知青仍然是城里人,城里人只爱跟城里人玩,也只跟城里人贴心,我一个农村姑娘,虽然对他们的谈话感到好奇,但也不能厚着脸皮硬凑上去是不是?所以我就躲在菜园子里听他们说话,这个时候,张大桥就会跑到菜园子里来,一边帮我干活一边跟我说话,人心都是肉长的,我不可能没反应,慢慢就跟他亲近起来。接下来的事我就不跟你细说了,你肯定想得到。关键是,我那时是定了亲的,对象叫牛进春,跟我一个大队,但不是一个小队,他慢慢知道有个知青跟我走得近,但他不相信我们会有什么事,我也跟他说过,那是不可能的。的确不可能,首先我父亲就觉得不可能,他说城里人滑头,而且知青终归都是要回去的,但他并不反对张大桥跟我套近乎,因为他需要张大桥替他在知青堆里传话。我们大队有台拖拉机,平时进城就靠它,知青们回城探亲总是要搭一截拖拉机。有一回,张大桥进城的时候,突然从拖拉机上跑下来,把正在田里干活的我拉上了车,他说他要进城去领农药,差个帮手,我心想这是集体的事,就跟他去了。结果我们那天很晚才回来,后来我一再回想那天的事,如果我再大一两岁,哪怕只大一岁,就不会跟他走,你想他身强力壮,又一直在我身边转悠,我长得又不丑,他哪会不打我的主意,我们领完农药,他说带我去公园玩,一进公园,他就拽住了我的手,我不让,说牛进春知道了会跟他拼命的。他说牛进春算什么东西,他根本拼不赢我,我一只手就能把他打趴下。又骂我是个糊涂虫,居然想嫁给牛进春那种人。我才是你要嫁的人,你睁开眼看看,要长相有长相,要力气有力气。我说你终究是要回去的。他气哼哼地说:我回哪里回?你以为是自己想回就能回的?我来的时候就没想过要回去。反正他连说带哄带动手,没怎么费力就把我拖进了树林子里。那以后就不一样了,我开始喜欢追着他,他在哪里,我就不由自主地跟过去,也许牛进春感觉到什么了,毕竟我们相隔也不是太远,三五里路的样子,他收了工也开始往知青点这边跑。他不知从哪里弄了一副羽毛球拍,缠着知青们跟他一起打羽毛球。有一天,他和张大桥在公路上打球的时候,最后一个羽毛球被打进了火粪堆里,一眨眼就烧没了。恰巧这时拖拉机开了过来,张大桥说,干脆我们进城去买球吧。两个人跳进了拖斗。牛进春见我正在田里扯草,就喊我也一起去。张大桥在一旁起哄:走啊走啊,快点!我也没想太多,扔下篮子就跑了过去。直到现在我也没想清楚,那天到底是张大桥在吸引着我,还是我不想让牛进春不高兴,反正我去了,我们三个人站在拖斗里,又是唱又是笑,闹个没完。拖拉机离开了田间土路,上了通往镇上的碎石子路了,路两边的树一直没人修剪,很多枝丫朝路面伸过来,站在车里的话,必须时不时弯一下腰,才不会被树枝打着头。牛进春说:这要是迎面硬抽上来,估计能把脑袋劈成两半。张大桥说:你试试?牛进春说:你先试,你敢试我就敢试。张大桥就真的直着脖子迎向那些直扑过来的树枝,他很灵巧,总能在树枝迎上来的最后一刻飞快地蹲下去,躲过树枝。试过几次之后,张大桥说:该你啦。他走向中间,把牛进春让到边上。牛进春也像张大桥那样直着脖子,可能是想斗狠,他的表现比张大桥更大胆,也更危险,好几次,我明明觉得树枝就要抽到他了,可他倏地一蹲,安然躲过。张大桥又不服气了,把牛进春换到中间来。他们换来换去,斗了三四个回合,到第五回时,趁牛进春专心致志对付那些扑面而来的树枝,张大桥把他的右手放到了我屁股上,我觉得不妥,又不敢动,怕稍有异常会导致牛进春分心,那种情况下,稍一分心就可能出事。过了一会,我看到张大桥抬起左手,向一心只盯着树枝的牛进春悄悄伸了过去,我想警告张大桥,又怕吓到了牛进春,想扯回张大桥的左手,又怕拖拉机的颠簸反而让我帮了牛进春的倒忙,正在犹豫不决,一声闷响,没等我看清怎么回事,牛进春已经倒在了拖斗里。拖拉机跑了好远才被我们喊停,这时牛进春的脑袋已经变成了一个血葫芦。

一路上,我们都傻了,谁也没吭声,直到拖拉机开到牛进春家门口,牛进春的父亲跑回去拿出菜刀来要杀人的时候,开拖拉机的人才一把抱住他:大叔,怪不得别人,你实在要杀人就杀我好了,我一不该让他们搭我的拖拉机,二不该在他们疯闹的时候不出面制止。听了这话,我慢慢回过神来,我想起了张大桥偷偷向牛进春伸过去的那只手,可能正是因为这只手,牛进春才一头撞上树枝的,张大桥杀了人了,不管他是有意还是无意,他都是杀人犯。张大桥这时也正朝我转过头来,哀哀地看着我,他脸上完全是死人的颜色,目光全散了,乱了,冷汗像泉水一样不住地往外冒。我承认,看到他这副样子我心软了,既然人已经死了,既然拖拉机手已经说明怪不得别人,我又何必站出来多事,又何必再多死一个人,何况这个人是他,再说我可能根本就没看清楚,站在我的角度不可能看得那么清楚,也许张大桥只是做出了那个手势,根本没有碰到牛进春……我一遍一遍跟自己这么说。

很快我就发现我有麻烦了,我月经没来,早上起来还想吐。我去找张大桥,张大桥说,现在千万不能说,传出去一丝丝风声,牛进春的爸爸就会怀疑是我们俩合伙谋害了他儿子。这话把我吓倒了,但接下来该怎么办呢?张大桥说:别怕,别怕,我来想办法,会有办法的。是我妈最先发现我不对劲的,她把我揪到一边,问我是不是跟牛进春那个过了。我呆了一阵,灵机一动点了头,看在人已经死了的分上,大家应该不会太为难我吧。我妈气得甩了我两个巴掌,然后就抱着我哭:你把自己毁了,你毁也不看看对象,偏要毁在一个死鬼身上,你怎么这么苦命哪?我也陪着一起哭,哭够了,我妈擦干眼泪带着我去牛家,开门见山地说:都怪我教女无方,我是没办法收场了,她好歹也算半个牛家的人,我想请你们表个态,还要你们的孙子呢,我就把她交给你们,不要呢,我现在就把这个丢人现眼的东西掐死算了。谁也没想到,牛进春的爸妈竟不约而同地跪在我们面前,求我千万千万要留住牛家最后一条根,牛进春的哥哥十四岁那年死于脑膜炎,牛进春是他们的独苗。牛进春的爸爸头磕得嘣嘣响,说是苍天有眼,知道他儿子不长久了,就唆使他犯错误,好歹给牛家留了根苗。

我的命运就在那天转了向。牛家拿出娶儿媳妇的架势,把我隆重地迎了过去,我从此就跟牛进春的爸爸妈妈生活在一起了。出工的时候,我总在田里张望着寻找张大桥,他开始躲我了,好不容易找到他,质问他,他压低声说必须避嫌,必须忍耐一些时间,等孩子生下来,再找人去跟牛家父母说改嫁的事。你还这么年轻,他们不会强迫你守寡的,他们只是想要你肚子里的孩子。

我说:你知道这孩子不是牛进春的。

你傻呀!他顿着脚说,他们又不知道,再说,孩子是谁的有那么重要吗?有人疼爱就行。

我想想也是,现在的确不好轻举妄动,而且随着我的肚子越来越大,那些想法也越来越淡,我开始一门心思想着孩子的事情。牛进春的父母也很照顾我,不让我干重活,尽量让我吃得好,还让我不要太伤心,免得动了胎气。其实我并没有伤心,只是有时想着这团不能示人的乱麻心里烦躁而已。

等我坐完月子才知道,张大桥已经悄悄办好了回城手续,离开簸箕湾了。我找了个理由进了一趟城,找到在一家工厂上班的他,他完全不是在簸箕湾时的样子了,工作服很宽大,衬得他的身板起码小了两圈,而且一脸苦闷,你完全想象不到那是一种怎样的苦闷表情,就像死到临头无法脱身。我问他怎么了,他说正在考虑如何说服家里人接受一个带孩子的结过婚的女人当他们的儿媳妇。我听了,身子一晃,差点栽到地上,我这才明白我们之间面临着怎样的鸿沟。我说你就直接把实情告诉他们好了,让他们知道这孩子其实就是你的孩子。张大桥赶紧上来捂住我的嘴巴:你不想活啦!这事千万千万泄露不得,只能烂在我俩心里,传出去,我俩谁都跑不脱,人家肯定想,那事儿是我们两个人合谋的,我们俩是一对奸夫淫妇。你可以想象我当时是种什么心情。那天我是一路哭着走回来的,孩子在家里哭得奄奄一息,我解开衣服喂他,发现竟然一滴奶都没有了,而进城之前,我的奶水还充足得很,我是挤了一大瓶才出去的。

手机闹铃响了,打断了采姨。我按停手机,十二点,这是我设置的最晚睡觉时间,但今天看来得延迟了。

我问她:后来呢?

后来他参加了高考,上大学以后的事我就一点都不知道了,我猜他肯定在很远的地方上大学,毕业之后又去了很远的地方工作,他肯定怕重回原籍,怕我会找到他。其实我也不想去找他了,如果说他以前对我还有点兴趣的话,发生了那件事后,他对我应该只有害怕了,生怕见到我,生怕听到跟那件事有关的一切。但我总觉得,有些事情是逃不掉的。

找到他你想怎么样?起诉他,还是叫他赔偿?他可得赔一大笔钱,因为你一个人带大了儿子。

我不起诉他,我起诉他干吗呀?我只想站在他面前,看他羞不羞愧,我经历了那么多苦难,之所以还是忍气吞声活了下来,唯一的目的就是想有一天站在他面前,看他羞不羞愧。

我们一起沉默下来。我在想,羞愧这个目的,看起来简单,却不是那么容易实现的。

对了,你还没告诉我今天到底谁把你气成这个样子的?

嗨!她笑起来:说了这么多,竟把主要内容漏掉了。你猜我今天碰到谁了?你怎么也不会想到的,我去送外送的时候,一推门,居然看到了牛进春的爸爸!他被一元堂的费经理请到这里来养老来了。现在你知道谁是一元堂真正的老板了吧?除了他张大桥,不会有别人。

我猛地坐起来。我们原本是呈直角长长地躺在沙发上的。

这也太巧了吧?

可不是嘛,心诚则灵,老天爷可怜我,让我碰上了。

这下好了,全都是好消息,牛老头不用你养老了,张大桥也差不多找到了。

这怎么能说是好消息呢?恰恰相反,事情不该是这样的。她突然站起来,我以为她要喝水,或是去卫生间,结果她径直去了厨房。从她的背影我能看出来,她对自己去厨房的目的并不清楚,她似乎只是为了站起来走一走,或是考虑考虑。

她连头都没转一下,我看得很清楚,她一直微仰着脑袋,直着脖子,一只手却跟长了眼睛似的,准确地拉开了冰箱门。现在,她整个人都钻到冰箱去了,我看不到她了。很快,她退了出来,手里拿着她自制的凉拌碟。

随着咔嚓咔嚓一阵凶猛的大嚼声,我闻到了一股尖利的辛辣之气。

她只顾低头猛嚼,竟没有看见我伸得直直的手。

直到我也起身,从她碗里抢过两根胡萝卜条,她才忙里偷闲朝我笑了一下。

我们各自埋头猛嚼,很快,碗就见底了。我们同时哈着辣气,吐着舌头,奔向冷水瓶。

你刚才话没说完,你说事情不该是这样,指的什么?

当然不该是这个样子的。她嘴唇都给辣红了,不停地吐着气:他应该先来见我,把牛老头接来养老算什么?不动声色地道歉?偷偷摸摸地弥补?不管道歉还是弥补,都轮不到牛老头抢

我的先。她边说边长舒了几口气:

现在舒服多了!

这么多年,你就是靠辣椒麻醉过来的?

她愣了一下,鼻音马上变得湿湿的:你太懂我了。

我担心你的目的达不到了,你不是要他在你面前感到羞愧吗?依我看,他把牛老头接来这件事,正是为了抵消他的愧疚,如果说他真的为某事感到愧疚的话。

那我呢?我就活该?惹急了我,我去告他,我告他故意杀人。

现在你有一个问题需要确定,当年在拖拉机车斗里,张大桥的左手真的碰到牛进春了吗?

他的确伸手了,我记得清清楚楚,他右手在我屁股上,左手伸向牛进春。

伸向牛进春?只是伸向?没有碰到?

比一眨眼的工夫还要短,我刚一看到他伸出去的手,就听见一声响,然后就看到牛进春倒在车斗里。

也就是说,只有张大桥本人才知道他到底有没有碰到牛进春,对吗?

肯定是他推了牛进春一把,牛进春才没有躲过树枝,之前他一直玩得很好,一次都没有失误过。

到底是你觉得,还是他后来亲口向你承认过?

她久久不作答复,过了好一会才说:如果不是自己心里有数,他怎么会那么怕说到这件事？他后来一直躲着我,路上不小心撞到一起,都不敢看我的眼睛。如果不是自己心里有数,他又怎么会把牛老头接来养老？

这种推测站不住脚,他可以说,他把牛老头接来,是为了报答当年插队落户地方的乡亲,而且牛进春事故发生时,他就在现场,他很疼惜那个失去儿子的孤寡老人。

那我呢,他对我就没有理亏的地方？他就那么心安理得？

男女之间的账嘛,算不清楚。

我跟他的账,很好算。

怎么算？赔你一笔钱？

我要他的钱干什么？我们之间的账岂是钱可以算得清的？我已经说过了,我就要他在我面前感到羞愧,他在那里拉了泡屎,要我用一辈子来给他揩屁股,他一个七尺长的汉子,应该为自己的行为感到羞愧。

如果他说那不是他的本意,那是你自己的命运,你怎么说呢？

我的命运是嫁给牛进春,平平安安一辈子,结果被他搅成了这个样子。

他还可以说,谁叫你对牛进春不忠诚的？

她啪地拍了下面前的茶几:那他就是不要良心,他就不是人！吓得我赶紧拦住她:轻点轻点,小本在睡觉呢。

他要是人的话,就不会那样想,除非他天生就是个流氓加土匪。她降低了声音,语调仍然气呼呼的。

你只能拿儿子跟他说事了,如果没有这个儿子,你在牛家应该是很受尊重的,说不定他们还会收你为干女儿,然后把你风风光光嫁出去。

跟儿子不相干,我不想把儿子扯进来,我从没抱怨过我的儿子,没有这个儿子,我早就死了。

我们商量好,由我出面去跟费经理谈一谈,首先要确定把牛老头接来养老究竟是不是张大桥的主意,大千世界,无奇不有,说不定这事跟张大桥其实没有关系呢。如果真是他,那自然没话说,直接把他揪到采姨面前来,让她看看他羞愧的样子。

费经理本人很有高级白领的派头,但她的手下跟她的反差实在太大了,我进门的时候,没有一个人阻拦,当然也没有人接待,一副爱理不睬的样子。

我自我介绍说我是牛老头的亲戚,因为老家来了电话,要我来问一下,为什么一元堂把牛老头接来竟不经过他的亲人们同意。

你是说牛显胜?他说他没有亲人,他孤身一人,否则我们肯定会征询他家人意见的。

那么,你们是从哪里得知他孤身一人的信息的?

这我不知道,我只是奉命行事。

实际上,他并不是孤身一人,他的儿媳正在四处找他,已经找到这里来了。

是吗？我们去接她的时候，牛老先生的确说过他没有一个亲人，他儿子还没结婚就死于意外，这个儿媳妇……会不会是同名同姓？

不可能……这里面肯定是哪里弄错了，你真的不知道老人的信息是从哪里来的吗？

费经理耸耸肩：我只是奉命行事。

奉谁的命令？

当然是我们集团的命令。

好吧，也许是我弄错了地方，能不能让我核对一下，你们一元堂的全称是什么？

一元堂只是我们食堂的名字，我们这个部门的全称应该是华旗集团银发无忧俱乐部。她说着，指了一下墙上的营业许可证，我仔细盯了一眼，法人是个叫何丽娜的女人。

我继续问：华旗集团里面，或者你所认识的人里面，有没有一个叫张大桥的人？

张、大、桥？没有，我从没听说过这个名字。

一切都短路了。

我回来查了一下华旗集团，它的经营范围很广，涉及纺织、电子、不锈钢等诸多行业，我还看到了何丽娜的照片，我把她拍下来，回家让采姨看，她说她从没见过这个女人。

仔细看看，会不会是当年你们簸箕湾的女知青之一？三十多年了，一个女人容貌上的改变应该蛮大的。

再怎么变，这个女人我从没见过。

我提醒她回想一下，牛老头有没有被谁采访过？有没有登过报纸上过电视？

他?! 跟簸箕湾的石头一样默默无闻。

又打过电话给华旗集团的人力资源部，查询有无叫张大桥的人，回答也说没有这个人。

我决定冒充一回一元堂的工作人员，借送饭的机会见见这个牛显胜。眼下，我觉得只有他自己心里最清楚，否则也不敢跟着人家来到这个人生地不熟的地方。

这时我才想起责备采姨，为什么当着牛显胜的面不问问清楚，到底是谁把他接来的。

采姨一副无辜样儿：我当时直觉就是张大桥把他接来的，而且觉得张大桥不该这么做，心里一急，就跑出来了，然后就走不动路了。

我戴上宽边框的学生眼镜，再配上一元堂的白色长袍和白帽子，以及事先打好的腹稿上了路。

牛显胜拉开门的时候，一股浓重的烟味海啸般迎面砸来，如果划一根火柴扔过去，相信他整个人将变成一个大火球。看上去倒不算虚弱，起码比跟他住在一起的那对七十多岁的老夫妇年轻，他们住在一栋八十年代公寓房的五楼，他的卧室是最小的那间，一床一桌一椅，然后就基本没有转身的地方了。

听说你来自簸箕湾？我知道那个地方，山清水秀，空气新鲜，你觉得这里比簸箕湾好吗？递给他饭盒的时候，我屏住呼吸，假装随意地跟他唠起来。

空气新鲜有什么用？新鲜空气又不能当饭吃。他语气很冲，面无表情，这种人很难让他开心起来。

我们这里很少去那么远的地方接人来，你可真幸运。

他端着饭盒，专心扒拉着他的饭菜。

我稍稍凑近他，小声问：你是谁的关系？我家里也有老人，能不能把你的关系介绍给我？

介绍给你也没有用，像我这种特殊情况，全中国估计也没几个。

什么特殊情况？一元堂的老总欠你的？

整个社会都欠我的，我儿子年纪轻轻就为国家贡献了生命，不该回报我？

你儿子是烈士？他怎么牺牲的？

我没说他是烈士……反正是因公。

据我所知，一元堂并不是社会的福利机构，它是私人办的，你儿子因公牺牲，你应该找国家要福利，怎么是一元堂来出面呢？你肯定跟一元堂的老板关系不一般。

这年头，谁还不认识个把老板。

你就吹吧，一元堂的老板是个女的，你一个农村老头，上哪去认识这么高级的女人？你咋不说你还认识国家主席呢？

认识国家主席怎么啦?难道你不认识国家主席?

这老头,看来是掏不出什么话来了,防范心太强,我小看他了。

已经下到四楼了,牛老头追出来,叫住我:

你认不认识杨采玉?

我赶紧点头。

请你给她带个字条儿行不?

在走廊上站了刻把钟,牛老头拿着个饭粒子封好的纸条出来,不好意思地咧了下嘴:麻烦你。

回来的路上,我脚不沾地,走成了一阵风,他肯定是在告诉采姨他是怎么来的。

采姨打开纸条的过程,真让人急得冒汗。她根本不相信他会写字,所以一边拆一边不住地嘟囔:

不可能吧?真是稀奇!我从没见他拿过笔,他家里也没有笔,我还以为他是个文盲呢。

她终于打开了纸条,表情立即变了样。

要我帮你看看吗?我早就急吼吼的了。

她把纸条慢吞吞递给我,果然不会写字,上面一个字也没有,只有一栋小房子,房子旁边有两棵树,房子后面画了好多竹子。

这是他在簸箕湾的家。

也是你在那里生活了二十多年的家。他画这个给你是什么意思？

她脸色很难看：我哪知道？看不懂，画得像什么呀？那房子根本不是他画的这样，只是有点像而已。

我们渐渐被拖入似明还暗的焦虑中，明知有个心知肚明的人在操控着一切，但就是查不出那个人到底藏在哪里，再进一步说，我们几乎能看见张大桥的影子，他就藏在这件事的后面，像一个道具工藏在帷幕后面，怎样才能戳穿那层帷幕，让张大桥现身呢？

有一天，我和采姨坐在屋里突发奇想，如果华旗集团确实没有张大桥这个人，那么，张大桥也许就是何丽娜的丈夫，如果不是这个角色，他是没法指使何丽娜做出那个决定的。

这真的有可能！采姨来了精神。

好，我去查何丽娜的家庭情况。

结果令人失望，何丽娜的丈夫叫张其弓，他不是华旗集团的人。

采姨听了，两眼一亮：真的叫张其弓吗？你确定他叫张其弓吗？连问了两句，就捂着脸哭了起来。

他还是想着我的，他并没有忘记我，也没有忘记孩子。她在自己手心里哭着。

哭够了，她抬起脸来，一脸满足地说：这个张其弓，就是张大桥，当年他跟我说过这样的话，如果他有儿子，他想叫他张其弓，他说他很早就有这个想法了,他认为这个名字很巧妙,听上去也有文化。

有道理,也许他从农村回来后就申请改名了,因为料到你可能会进城找他。

好不容易沉下去的眼泪又冒了出来:你真的这么想?我真的就这么讨厌?

你不讨厌,但你可能会做的事让他讨厌。

所以现在我可以见他了,我都老了,事情也过去了,我不会做任何让他讨厌的事,也不会提任何要求,我只想见他一面,看看他见到我时会是什么表情,我就只有这个愿望。

查到何丽娜家里电话的那天,我们都有点紧张,等小本睡后,我们并肩坐在一起,望着电话机摩拳擦掌。电话是我打通的,正想着该如何应付何丽娜的盘问,冷不防一个男人的声音响了起来,我听到脑袋里嗡的一声响,一两秒钟里什么也听不见。我强令自己镇定下来,核实他的身份,他果然就是张其弓。我说,你稍等,有人找你。

行,你叫她说话。

一切都已知晓的语气,一切的一切,他似乎都已知道,他自始至终都知道。

这样的语气让我更想核实一下他的前一个身份:以前的张大桥,在簸箕湾插过队的张大桥,也是你吗?

是的。

你知道找你的人是杨采玉吗？

我知道。

不好意思，你怎么知道的？

你们已经弄得很多人都知道了，我怎么可能不知道？你把电话给她吧。

一回头，采姨已经泪流满面，我指指话筒，向她做手势，她一个劲儿向我摇手，我越是着急，她躲得越远，等我站起身来拉她时，她竟一扭身跑开了。

这个……她太激动了，以至无法跟你通话，但她很想很想、非常非常想跟你见一面，我可以代她跟你约见一下吗？

他在那边沉默着。

好的。他终于说话了，明天下午两点，就在华旗集团旁边的咖啡馆如何？

放下电话，老实说，我心里很不是滋味，我不知道问题出在哪里，也许我听多了采姨的故事，感情上偏向了她，所以对张大桥的态度有所不满，无论如何，让一个女人独自默默承担偷情带来的全部后果，仅此一点，你就不能用这种语气对待她。

在卫生间找到采姨时，她仍在哭泣。

你这个样子，怎么能让他感到羞愧？我看倒像是你在感到羞愧呢。

我也没想到会这样，我正在想第一句话要跟他说什么呢，然后我又想，我是该叫他张大桥还是叫他张其弓呢？再一想，应该叫张其弓的人,现在却叫牛勇……

现在哭个够也好,最好把眼泪流干,明天见面的时候就不要哭了,你要知道,只有年轻女孩的哭才是楚楚动人的,你这个年纪的哭,只会让人感到寒冷和凄凉。

她狠狠地擦起泪来,同时尽量止住抽泣。

我让她尽早去睡,休息好,明天有个好气色给他看。

我年轻时的好气色他又不是没见过!

我很想讲一讲他在电话里的语气,又觉得一时间难以说清,也许他就是那样一个冷静到冷淡的人,生活中确实很多喜怒不形于色的人。我想起我看过的照片,那身腱子肉,那草帽阴影下灿烂的白牙,大太阳底下滚着白边的背心,至少从那照片来看他不是冷静到冷淡的那种人,当然,时间会改变一个人的容貌乃至性情,但无论如何,那几声短促的反应里,我确定我没有听到热切与盼望。算了吧,明天就能见分晓了,还是让采姨自己去体会吧,毕竟是她的事情,我的体会不可能准确。

我们在那个袖珍咖啡馆里等了近二十分钟,我已经喝掉一杯,采姨的金橘柠檬茶也已经喝掉了三分之一,才听到有人推门进来,我们不约而同地回头,进来的是何丽娜。

我看到采姨的脸立即黑了。

我们走吧?她低声说。

看她说什么。我不动声色地拦住了她。

何丽娜径直走到我们面前。

对不起,临时发生了一点事,把我拖住了。何丽娜直直地坐了下来,望着我说:你就是……

我就是昨晚打电话的人。我不想跟她报自己的名字,这事跟我不相干,我也不想有任何后续麻烦,而且我也不相信她真的是被什么事拖住了。我看了一眼采姨,对她说:这位就是杨采玉,她约好在这里跟张大桥见面。

何丽娜认真地看了我一眼,笑笑说:他临时有急事,中午才把见面这事委托我,我还跟他发脾气了,我说你不能总是给我临时出题,好像我是个闲人似的,尤其这是你的题目,我又不是专门负责给你清场的。

她用了"清场"这个词,跟采姨的"擦屁股"是一样的。

何丽娜看采姨的眼神,完全是那种吵过架的小女孩之间的眼神,太直露太好笑了,可惜采姨没看到,她坐得倒挺直,眼睛始终只敢盯着面前的金橘柠檬茶。相信何丽娜几句话已经让她十分不自在了。

这两个人之间的较量不公平,张大桥不该把这么沉重的话题撂给两个从未见过面的女人,这男人太不地道了。我在心里直骂,心想,再看看,情形不对的话,马上带着采姨离开。

不知道张大桥怎么跟你说的?采姨其实是想见见他,毕竟是多年前的老熟人了,想趁这个机会说说话,没几天采姨就回去了。

哈哈哈，我才知道他原来叫张大桥，管他张大桥还是张小桥，首先你们放心，你们没把人搞错；其次，我个人对他叫张大桥时期发生的事没有任何态度，我只是来替他传达他的意思而已，这一点你们完全可以找他确认。

何丽娜打开自己的手包，拿出一沓折好的纸片。

其实我几年前就知道杨采玉这个人的存在了，我是个很洒脱的人，自认为很大气，其实在别人看来就是傻气。我觉得你们这类小恩怨，不能怨个人，要怨就怨国家，怨命运。个人，尤其是当时那个年龄段的人，只能率性而为，否则就不叫年轻人了。

他怎么跟你说我的？采姨终于敢直视何丽娜了，目光里有种不必要的凌厉的防范。

他倒没怎么说，是你儿子牛勇来信跟我们说了你的一些情况，你儿子从大学二年级开始，一直跟他保持着一年一两封信的联系频率。

牛勇？他跟你们有联系？采姨似乎没料到这一点。

你不会不知道吧？他每次在信里都要说一句：妈妈让我问候你们。

采姨在座位上动了动，胸脯一起一伏，像在拼命克制突如其来的哮喘。

何丽娜打开那沓折叠好的纸片，一张一张摆在采姨面前。

这是每次给他汇款留下的凭条，基本上是一年一张，有时还一年两张，这里还有一笔大额转账，十五万，是给他结婚买房子的。

采姨的手动了动,想拿过来看,又没敢。这这这……怎么可能?结婚的房子,他说是丈母娘家出的钱呀。

那我就不知道了,反正这笔钱他申请了几次,还把结婚证也寄过来给我们看了……

他以什么理由找你们要钱呢?

问得好,我也这样问过老张,他臊得不行,掩着脸说:孽债,孽债。反正那段时间,那个电视剧一放,全国上下蛮多孽债都趁机跑了出来,有什么办法呢?谁叫你在不知情的情况下,嫁了个欠着孽债的人呢?欠债就得还,不还过不得年。我相信这个债现在已经还清了吧。

我问何丽娜:你见过她家牛勇吗?

没见过,老张见过,他也没要求见我呀,我犯不着求着去见他吧?对了,你是她继女吧?你们母女关系很好嘛。现在的年轻人就是好,心胸开阔,跟以前不能比……

这个你也知道?

老张别的优点没有,就一点,还算坦诚,有什么事基本不瞒我。

采姨跟我互望一眼,不用再问了,我们当中有个奸细,或者说有个别有用心的联系人,那就是牛勇,因为他,我们在明处,张大桥和何丽娜,也许还要加上牛勇,他们在暗处。

何丽娜侧了个身,转向采姨。这姿势明显是不想要我插进她们的对话了。

其实你来一元堂没多久,我就发现你了,我跟老张说,把杨姐叫出来吃顿饭吧?他说还是让她先适应一阵吧,你现在去找她,说不定反而把她吓回去了,所以我才没去打扰你。不管怎么说,历史的过错,我们把它交还给历史,一切重新开始。如果你有兴趣,我可以找个人陪你玩几天,本地的风景名胜还是蛮多的,值得一看,一元堂那边,我会给他们打个招呼。我就不陪你玩了,我实在太忙了。

不用不用,我……明天就回去了。

这个想法应该是临时救场用的,采姨从没说过她明天就要回去。

难得出来一趟,多玩几天再回去嘛。女儿也不会这么快就放你回去的。看你多有福气啊,有儿子有女儿,儿女双全的家庭现在可不多。

采姨不知所措,我只好强行插进去:她不会这么早回去,她其实一直有个愿望,就是在有生之年见一次张大桥,哪怕只看一眼,还是等张先生从国外回来,再约见一次吧。我妈年纪也大了,出来一次少一次,就让她了一个心愿吧。

我第一次称她我妈,隔着一臂宽的距离,我感受到了她心里的震撼。

那就只好让你们等一等了。老张回来,我会让他跟你们联系。对不起,我得回去了,还有一大堆事等着我呢。

那些凭条,何丽娜细心地收了起来,路经前台的时候,她给我们结了账。我大声说,不必。她背对着我们摇了摇手。

我们一声不吭原地坐着。何丽娜坐过的椅子,在她走了之后似乎变大变高了,比她坐在这里时还要压迫人。

牛勇个王八羔子!

半晌,采姨轻轻地、咬牙切齿地骂道。

我想了想说:可以理解,谁都想找到自己的亲生父母。又问:牛家人对他好吗?

采姨突然浑身一抽,紧接着,就像全身过电似的抖了起来,如同体内隐藏了一个小型发电机,突然通电了,全身振动不休。尽管这振动没有声音,效果却很显著,眼泪鼻涕都给震出来了。

我赶紧将她扶了出来。她像上次从一元堂回来时那样,站不起来,我只好半拖半背,好歹将她弄进了出租车。

难怪有个暑假,牛勇没回家,他说他要去勤工俭学。他肯定是找他来了,我就不明白了,他是怎么联系上的呢?

采姨一进门就把自己扔在沙发上喘气,就像她不是刚下了出租车,刚从电梯里出来,而是干了一天活回家。

牛勇知道他是张大桥的孩子吗?

采姨没吱声,过了好一会才恨恨地说:都怪那个死牛老头!如果不是他,牛勇根本就不知道世界上有张大桥这个人。

你没那么傻吧,牛进春不在了,张大桥回城了,你不把这个秘密说出来谁知道?

话刚说完我就想起来了,我还记得牛勇的样子,白皮肤,卷头发,这些标志性特征肯定让采姨尴尬不已,如坐针毡。

但我还是说:你若咬紧牙关不松口人家也没办法,毕竟死无对证。

我就是把牙咬碎了也没用,孩子一天天大了,不光是牛老头,别人也都看出来了。他威胁我说要去找张大桥的组织,要报案,要让张大桥坐牢,要让我们一起坐牢。我第一个想法是这事一定不能闹大,越闹越丑,越闹越危险,与其大家一起出丑,不如让我一个人出丑。你知道我说的一个人出丑是什么意思吗?从怀疑这个孩子起,他对我就不那么礼貌了,牛进春的妈妈是个青光眼,自身难保,更别说管住他。后来她大概察觉到了什么,有天晚上呜呜地哭了一整夜,第二天下午我去叫她起来吃饭时,人已经凉了。这下老头子更没有管束了,白天他充老人,理直气壮地接受我的服侍,一到夜里,他就为所欲为,也不准我改嫁,说是唯一的孙子不能没有妈,更不能随妈下堂。那时候不断有媒人上门,来一个他骂走一个。也不准我跑,威胁我说,只要我敢跑,他马上就去派出所报案,先把我抓起来,再去抓张大桥。我说你没有证据,他就拉过我儿子,掐住他的脖子说:这就是最好的证据,实在不行,我就把他掐死,给我儿子抵命。打那以后他真的恨上了我儿子,动不动就打,就骂,有一次,我儿子去挑水,我亲眼看见他把我儿子往水里推……我儿子真的是一次又一次死里逃生活过来的。这样的恶人,居然有人把他请来好吃好喝地养老,他哪里配?他只配像猪一样,躺在自己的屎尿里死去。

他跟你的事,乡邻们知道吗?

知道又怎么样?背后议论几句而已。关键是他豁出去了,他抱着一颗替儿子报仇的心,什么议论都不在话下。

我算算,三十多年呢,这个复仇也太漫长了,会不会在复仇中产生了一点朦胧的感情呢?

感情?她用力哼了一声:孩子六岁那年,我想抱着孩子一起投水,我想我死了他也不会活得好,走到水齐腰深的时候,孩子扯着我的头发喊:妈,我不想死,我还想上学。我本来是跟他说好带他去捉鱼的,没想到他才那么小,就看透了我的心思。那以后我就想,再苦再难,再恶心,我要等我的孩子长大。还好,孩子十五岁的时候,他就不太敢欺负我了,有一回,他又跑到我房间来,前脚刚进门,后脚我儿子提着菜刀赶到了。他是在上大学期间变心的,他一出去就很少回来,回来也不大跟我说话,一个人捧本书躲在一边。他要找张大桥我不反对,但他不应该把我瞒得这么死。

我觉得情况正在变得复杂起来,一向袒护妈妈的儿子为什么会变心?为什么很少回来?难道他不再担心妈妈了?

采姨突然一翻身从沙发上坐起来:我怀疑不是他想瞒着我,是张大桥不让他告诉我,肯定的,张大桥肯定怕我给他带来麻烦呀,思来想去,不如给牛勇一点钱,条件是不能让我知道他们联系上了。

嗯，没准他还真的打算认下这个儿子呢，时间会冲淡一切，唯有血缘冲淡不了。

随他们好了，我只有一个愿望，我要见他，他越是不想见我，我就越要见到他，不然我这辈子就白过了。

这应该容易了，毕竟他老婆已经出面了，只要你不放弃，不愁见不到他。

至少在见到张大桥之前，一元堂那边，采姨决定还是去做。

我提醒她，去做可以，不要再送外送了，不要再被牛显胜气得路都走不动了。

我才不想见他呢。他也不过如此嘛，以前总说要提前挖好自己的坟坑，要把自己的坟挖在老婆儿子旁边，没有儿子埋他，就自己埋自己，病了就自己爬进坟坑里等死，结果呢，跑到这里来了。我看够了，张大桥，牛老头，包括我儿子，都这样，眼里都只有自己，都只想着自己的好处。

不对吧，你儿子不是替你物色了我父亲吗？他其实还是很为你考虑的。

你这一说我倒怀疑了，我说出来你帮分析分析。认识你父亲那阵子，牛勇跟我说，这是最后也是最好的机会了，跟这个人定下来，什么都不要想了，安安静静过几年好日子。你不知道，在那之前，我几乎每年都在跟他提，一定要找到张大桥。我不是告诉过你吗？我打过电视台的主意，被牛勇强行给我撤了回来，没准就是张大桥给他出的主意:千万别让她在电视上找我,也别再动找我的念头,赶紧给她找个人,让她安定下来。老天助我,他们的计策没能成功,我还是出来了……

你的意思是,幸亏我爸死得早?

见我变了脸,她马上改口:你爸爸要是还活着,说不定我会拉上他跟我一起找的,你爸爸那个人知情懂理,有素质,他肯定会支持我的。

你高估他了,如果他知道他只不过陷进了一个阴谋,他会跟你们拼命的,他年轻时候的暴烈你没看到过,有一次我被人家的狗咬了,结果他跑上去把那条狗的脖子活生生拧断了。

这当然不是事实,但我需要捏造这样一个事实来表达我的愤怒。

你别想多了,无论如何,我敬重你父亲,我做了一个妻子该做的。

本来还有更刻薄的话的,我突然多了个心眼,决定先忍一忍,且看往后还有什么秘密会从她那不甚严密的嘴里漏出来。

因为这边的紧追不放,等了近一个月后,张大桥终于决定跟采姨见面了,从中接洽的人依然是我,这时我已非常乐意参与,我直觉有什么东西是我还未了解的。

采姨说,干脆把牛勇叫来,大家一起见面吧。

张大桥提出就在我家见面,说是为了方便采姨,我却觉得他是出于私密性的考虑。

牛勇是下午三点多到我家的,张大桥就像在监控着这一切一样,十多分钟后也赶到我家。

乍一见面,三个人你看我我看你,谁也没说话,但谁也没有移开视线,情形看上去挺瘆人的。

稍后,采姨主动充当起保姆的角色,在房间里迅速移动,倒水,削水果,准备烟缸,只是什么都不说,嘴巴闭得像只坚果。原来准备好让她见张大桥穿的深蓝色毛料套装并没有派上用场,她说在家里穿那个好不自在。

张大桥坐一只沙发,牛勇坐另一只,准确地说,是坐在靠近张大桥的那一端。两人的对话极简洁。

一切都还好吗?

好。

孩子多大了?

今年中考。

成绩好吧?

还可以。

为了这个聚会,我专门在外面餐厅里请了个厨师。我在厨房里给厨师打下手,采姨期期艾艾走进来,我推了她一把:你现在不应该待在这里,你得抓紧时间懂不懂?我猜张大桥不会给她很多机会,不然也不会选在我家里见面。

你不来吗?她为难地望着我。

我摇头,虽然我很好奇,但我没有理由插足他们保护了一辈子的隐私。

她像根木头一样走了出去。

所有的准备工作结束,厨师已经点火了,我估摸着那边的会面高潮已经过去,正在拐入情绪平稳期,便摘下围裙,洗好手往客厅走去。

也许我想错了,要不就是他们的高潮已经过去了很久,张大桥在跟牛勇讲此地的房价,如今多少钱一平米,前两年前五年多少钱一平米,牛勇也讲他那方的房价,比较之下,两人直摇头,采姨在一旁不知是在听,还是在发呆,张大桥手上的茶杯一看就是续过几道了,水壶就在采姨手边,看来她一直在给他续茶。

我向采姨使了个眼色,她走了过来。

你觉得他羞愧了吗?

采姨垂下眼皮:我还没提,不知道从哪里开始提,他也没问。

那你们一直在讲什么?

是他们俩在讲……

脸皮怎么这样薄?我来好了,我来帮你谈。

算了,看到他跟牛勇心平气和地聊天,我觉得很好,牛勇缺的就是这个,我怕我一提起那些事,这种气氛就没有了。

那你到底要不要他们父子相认?你不会以为这样见一面就是相认了吧?相认是要表态要承诺的,要一条一条达成协议的。还有你自己的事,你不是说要他感到羞愧的吗?你以为你往他面前一坐,给他端茶递水,他心里就打翻了五味瓶,就自动羞愧起来啦?

这情景跟我想象的不一样,我原来以为就我跟他两个人见面,那我就可以指着他的鼻子骂他质问他,可现在牛勇在他面前,我怎么张得开口呢?

那你干吗把牛勇叫来呢?

不是想着机会难得嘛。

我撞开她,走了出去。

这张大桥脸皮可真厚,居然面不改色心不跳在这两个人面前谈房价,他是怎么做到的?也许我才是捅开这层网纱的合适人选。我大咧咧走过去,紧挨着牛勇坐下,说:你们怎么都这么淡定啊,我还以为你们会哭成一片呢。

我一说完就冷场了,牛勇看自己的脚尖,张大桥看自己的手指,只有采姨的眼睛不安地睃来睃去。

我扭身对着张大桥,决定干脆直说。

采姨为了掩护你,背了一辈子十字架,如今母子俩伤痕累累站在你面前,你就只想跟初次见面的儿子谈谈房价?

张大桥一笑:我跟牛勇并不是第一次见面,该谈的早就谈过了,该表达的也都表达过了,不信你问他。

采姨终于开腔了:勇啊!为什么你要一直瞒着我?我是外人吗?我跟你们都不相干吗?这些年,我天天都像踩在刀尖上你忘了?

牛勇淡淡地瞟了她一眼:妈,有些事我待会儿跟你讲。

我不要待会儿,我要你现在就跟我讲,为什么你跟他见面,却不让我知道?

张大桥说:好了,是我叫他不要告诉你的,是我叫他这么做的。因为我不想把事情搞复杂。我知道你过得很难……

你知道?你根本就不知道!采姨终于露出她农妇的样子来,食指伸出去,一下一下点着张大桥的鼻子:你留下的烂摊子,害了我一辈子,害了孩子一辈子。你现在还把牛老头接来养老,你该报答的人是他吗?你知道这些年我在他家是怎么熬过来的吗?

那是你跟他的事,对我来讲,眼睁睁看着他唯一的儿子在我身边死去却没能救他,这件事我一直耿耿于怀,所以才把他接来。

你没能救他?你会救他?哈,哈哈,要不是你推他一把,他能撞死吗?

张大桥霍地站了起来:你这是什么话!我凭什么推他?我跟他无冤无仇!

凭什么?就凭你想抢走他的未婚妻。

真会胡说八道!不是你想甩掉他、跟城里知青结婚的吗?你不能这样歪曲事实啊。

啊?天哪,冤死人啦!活不得啦!采姨两手捶着沙发,大口喘气。我赶紧扶住她,抚她的胸口。

不要这样嘛,心平气和一点,谁都不想成心做错事,当时有当时的理由,如今有如今的理由,我也痛不欲生过,人生就是新伤盖旧疤,还好我有能力自求平衡,我创办一元堂,我把牛进春的父亲接来养老,我尽可能地帮助你的儿子……

厨师就在这时走了出来,提醒我可以开饭了。

大家都是好面子的人,在颇有职业风范的厨师面前不约而同地镇定下来,一起帮我摆开了饭桌。

酒都斟好了,神情委顿的采姨扫一眼饭桌,慢慢起身,去冰箱里拿出她的宝物。这个季节,她腌的是白萝卜条,还有芹菜。

脆生生的凉拌碟刚一摆上桌,一股凛冽呛人的辛辣味就霸道地铺满了整个桌子,采姨木着一张脸,一块接一块嚼得惊天动地。张大桥盯着她看了一阵,伸出了手。

嘀!嘀!好辣呀!好久没吃过这么辣的东西了。张大桥嘴里喊着,手却欲罢不能。

你做的吧?张大桥终于肯对着采姨说话了:除了你,任何人做不出来这么辣的东西。这就是簸箕湾的味道。那天他们跟我讲,一元堂有人擅自新加了一只小辣碟,心里就有点怀疑,一查登记表,果然是你来了。

那为什么躲着不肯见我?辣让采姨渐渐回到正常情绪中来。

我没躲,真要躲的话,你是见不到我的。

有点良心的话,一发现就该来见我。

见了你又能怎么样?我的良心早就分成了好多份,都要对得起才行,想来想去,我不如先去见牛老头。

谁都对不起,就是对得起我!采姨用拼命的架势嚼着她的脆辣条,幸亏厨师已经走了,他要是知道自己做的菜这么不受待见,不气晕才怪。

张大桥辣得不行,奔到茶几那边去找自己的水杯。采姨望着我说:你看,他根本就不觉得羞愧,他桩桩件件都有理由,没一个地方对不住别人。

我小声说:我早就说过,你得拿出具体目标来,要么折算成钱,要么折算成物,羞愧算什么?羞愧值几分钱一斤?

我不要他的钱,也不要他的物,我不是来找他算账的,我就是要让他知道我这些年受的苦。

我捂着嘴,尽量不动声色:你是想让他知道你这些年对他的爱吧?如果这当中他偷偷回来看你几眼,你是不是就心满意足了?他也就不用感到羞愧了?

"爱"这个字似乎让采姨很不自在,但她嘴里塞满了萝卜,只能拼命摇头,好不容易嚼碎咽下去,扫了一眼张大桥那边,目光就回不来了:他人呢?

去卫生间了吧。我看了一眼卫生间紧闭的房门说。

趁张大桥不在,举杯之际,我再次对这母子俩说:真的不要提什么羞愧了,直接换成补偿,趁这个机会,提出你们的要求,多高的要求都不过分,不管怎么说,你养大了他的儿子……

儿子可不是给他养的,儿子是我的,我一个人养大的,谁也别来沾染我的儿子。

牛勇起身过去了一下,回来说:卫生间没人,是不是已经走了?

我和采姨赶紧奔过去,其他几间房里也看了下,都没人,张大桥真的走了,偷偷走了。

一番动乱过后,三个人重新落座,饭菜再也没人动筷了,油汤渐渐凝固起来。

采姨突然转身,使劲打了牛勇一下:都怪你!在背后偷偷摸摸搞什么鬼?你要见他,为什么不跟我说一声?

我为我自己找出路怎么啦?不能因为你在他这里没出路,我就被你藏一辈子。

他能给你什么出路?他有他的妻子儿女。

他可以给我钱,我上学要钱,结婚买房子要钱,你拿得出吗?你一分钱都拿不出。

可你红口白牙告诉我那是你媳妇娘家给的。

你相信那是因为你没脑子,你但凡有一点脑子也不会落得这般下场。

我有没有脑子不是你说了算,你先告诉我你是怎么找到他的,是不是他偷偷回过簸箕湾?是不是你抢先跟他瞎说了些什么他才没有见我的?

我自然有办法找到他,我那么多同学,还有网络,说了你也不懂。不过,你既然怕我抢先跟他说了什么,为什么之前不检点自己的行为呢?

放你的狗屁!我怎么不检点了?

我不是瞎子,我从小到大一路亲眼看过来的。

采姨在一旁气得呼呼有声,像刚刚结束长跑。

你们一共见了几次?他一共给过你多少钱?采姨突然转换了频道。

跟你不相干,只要我想,今后我们还会见,他还会给。

你到底在背后干了些什么?我的面子都让你丢尽了。

很奇怪你还觉得自己有面子,你在哪里挣的面子?簸箕湾?上次我回去,才知道我们的老屋还有个名字,就叫"烧火佬屋"……

说时迟那时快,一只菜碗猛地飞了过来,端端直直扣在牛勇身上,牛勇面前顿时稀里哗啦一塌糊涂。

老家那边,烧火,跟《红楼梦》里的扒灰是一个意思。

我把牛勇往水池边拉,想帮他把衣服清理一下,他一甩手,差点没把我推倒在地。

我受够你了杨采玉,当初人家让你改嫁,你跟牛显胜揪扯不清,后来好不容易让你嫁了个老头,你还跟牛显胜藕断丝连,活活把人家老头气死了,你要真的跟牛显胜怎么样我也不说什么了,反正你们两个都是二百五,结果连牛显胜也不要你了,一个人跑到好地方养老来了,你自己一条贱命也就罢了,连带着把我也弄成了无名无姓的野种,你如今既然要找张大桥,当初为什么不敢大大方方让我姓张?牛显胜几次三番要我改名字,不让我姓他们的牛,你为什么不敢给我改了?你这点胆量都没有吗?你算个什么当妈的?人家父母都知道保护自己的孩子,你只知道给自己孩子脸上抹屎!

打了好几次手势牛勇都停不下来,采姨也在一旁哇啦哇啦跳脚,我急了,拿起一只碗,狠狠掼在地上,然后几步冲到门边,哗啦哗啦把门反锁起来。

两个人总算给镇住了。

现在,你们给我说清楚,什么叫好不容易让你嫁了个老头?什么叫活活把人家老头给气死了?今天不把话说清楚,谁也不许出这个门!

你叫她说!牛勇横着脑袋用下巴指了指她。

她走过来,想拉我的手,被我啪地一下甩开了。

其实也没什么,他就是见不得我过得好,不想看到我结婚,一辈子都别想,不管跟谁。因为之前没跟你父亲讲过这个人,两人乍一见面,你父亲很意外,受了点刺激。

你还把他带到我家里去了?你们想干什么?合伙谋杀?不行,我得报警,我真傻,真的以为我父亲是死于心脏病发作……

不要不要,你听我说,我把他原话告诉你,他其实有点怕你父亲的,他连声音都没敢大起来,只说了一句:你去簸箕湾访一访,谁都知道她是我的人。你父亲很生气,当时就发病了。

也许我该去牛显胜那里问个清楚。

我拉上这母子俩,赶往牛显胜的小屋。

是他的同屋老太婆开的门,见我们人多,且个个面带怒气,吓得退到墙边。

老牛走了,今天一早走的。她满脸惊恐地望着我说:费经理刚刚来过。

他去哪里了?

应该是回老家了。他说他不习惯这里。

可是……可是,老屋已经被我卖掉。牛勇结巴起来。

你卖掉了?你干吗卖掉它?那是你的屋吗?

没人住了嘛,当时又不知道他还会回去。

卖了多少钱?

破屋,不值钱,只卖了三千块。

你呀你!你卖给谁了?

采姨转过身,冲在最前面,我和牛勇跟在后面追得气喘吁吁。

一到家,采姨就开始收拾行李,上气不接下气地说:我得走了,马上就走,牛老头要是知道自己的房子不在了,肯定要气死。

我和牛勇直直地站在那里看她收拾东西,她动作奇快,衣服来不及叠好,揉成一团往包里塞,有些衣服还是湿的,也从衣架上扯下来,装进一只塑料袋里。

你这么急,是想赶在牛老头前面到家吗?

不管怎么说,不能把人搞得无家可归。

牛勇在旁边一声冷笑,望着我说:看到了吧?就有这么贱!跟你父亲结婚后,基本上隔两三个月就要回一次簸箕湾,回去就给他洗被子晒被子,又不敢跟我们明说,就撒谎,说是回去串亲戚。总说她恨他,恨得要命,真要把她从那个家里弄出来,她又这个样子,还找借口说是人道主义。

我相信她听到牛勇的话了,但她没往这边看,也没吱声。

我想起了那天牛老头托我带给她的信,就找出来,给牛勇看。

牛勇哼了一声:看到没有,他在跟她发信号,叫她回去,他们一起回到簸箕湾去。

好了,勇,我们走吧。采姨收拾好了,拎着一只胀鼓鼓的大包。

我死死地瞪着她。

你是个好姑娘,我活一天,就在菩萨面前为你祈一天的福,我只能这样报答你了。

她说完,拽着牛勇,拉开了大门。

对了,你爸爸的房产证,他一直放在卧室五斗柜最上面那个抽屉里,我没动过。

这天晚上,我给姐姐打了电话,我想跟她好好说说最近一段时间发生的种种,没想到沉吟再三,竟不知该从哪里讲起。结果我只是说,她走了,回她的簸箕湾了,说爸的房产证还在老地方。

姐姐说,你就这么信她?上次我回去就悄悄拿走了。那是我们的东西,不能落到她手里。

你厉害!我笑了笑,但没声音。

不能都像你,聪明面孔糊涂心,连杨采玉都看出来了,不然她为什么不敢来骚扰我?

听了这话,我脑子里立即忙碌起来,会不会是这样,杨采玉之所以同意跟父亲结婚,不一定是看中了父亲,而是看中了我离她要找的人很近这一点?

我刷牙的时候,发现她的洗脸毛巾还挂在水池边,看了一阵,一把扯了下来,踩在脚下,本想用它擦地的,想了想,还是捡了起来,直接扔进了垃圾桶。

辛雨华同学

据说每个人生命中都有一座火山,或早或晚,总要爆发一次,除非有人运气特别好,一生都赶在火山休眠期。

我的运气没那么好。二十六岁那年,我正怀着五个多月的身孕,一个男人找到了我,伸长食指对我发出警告:"如果你再不管管你丈夫,我就叫你的孩子生下来没爹!"我知道报应来了,我丈夫是我千辛万苦从别人那里救出来的,因为他对我说,他并不爱他的妻子,他在那个家里水深火热,度日如年。据说火山爆发的声音并不太大,只是情景十分吓人,刹那间,众口无言,万籁俱寂。当时我的反应便是如此,因为毕业没多久,就爱上了有妇之夫,无论同学朋友还是同事,我的口碑马上一塌糊涂,轻则交言不交心,重则视若无睹。总之,我因为一个人,得罪了全世界,而现在,这个人也从我的阵营里叛逃了,我成了怀揣一座大山的独孤将军。

接到那个警告后,我竟然没有发疯,全赖腹中这块肉的温馨支持,她也在里面气得要命,一个劲地踢我,好似在说,这种人还要他干吗?相同的错误,犯一次也就够了,居然连犯两次,难道还要等他再犯第三次?我决定抽刀断水,斩断祸根。我捧着肚子拟就了离婚协议,大义凛然地逼着他签了字,然后,我卖掉所有财产,包括他曾经送我的手表,以及一辆旧自行车,来到省城,这里的环境相对清洁,没有人知道我赖上过有妇之夫又被这厮背叛,没有人知道我结束了一段多么让人拍手称快的混蛋旅程。我在省城的医院里一趟一趟做孕检,跟女儿一起降生在这个全新的世界。我给她取名丁丁,丁这个字代表了她存在的状态,人家的屋顶是人字形,她的屋顶是一字形,那就是我,她只有我这一横。

世界上很多奇特的风景都是火山爆发后的凝固体,也就是说,火山爆发未尝不是一件幸事。如今我年逾四十,不算太老,没有丈夫,小三自然也无地生根,除此之外,我还有个每天都在往高里长的孩子丁丁,每年都在往横里长的餐饮连锁店华悦。这样的风和日丽,是我当初想都不敢想的,我以为我会在炽热的火山熔浆里化成一勺混浊的汤水。

个中辛苦就不去说它了。像我这样的人,若要讲述自己的艰辛发家史,百分之九十的人都会联想到,那不过是我波澜壮阔的情史。好在我不指望有人给我写评语,也不指望自己的名字能出现在任何一类光荣榜上。我只想带着女儿,沉默而坚韧地活着。不仅如此,人家孩子有的,我的孩子都得有,比如父爱,但我不想这事跟我再有牵连,在纯真年代都能遭遇假大空,如今成了金箔包起来的豆腐渣,敢上来招惹的,肯定也非善类。经过权衡与考核,我给孩子雇了一个高薪"父亲",名义上他是她的跆拳道教练,私底下,我跟他讲得很清楚,你得像对待自己的孩子一样教她,疼她。教练说:"就怕我对她真的产生了感情。"我说:"那太好了,只要不对她妈妈产生感情。"他想产生也没用,我早已抢上前插进一脚,跟他妻子成了好朋友。商海征战这些年,我只有一个认识:只要肯动脑筋,没什么事是办不到的。

越过乱石与险滩,我的生活终于平静下来,变成了一条风光无限的大河。就在前几天,还有银行的人专程过来给我出主意,要我趁现在风平浪静,一鼓作气抢占制高点,当然,前提是贷款必须从他那儿出。真是今非昔比啊,想当初,为了得到贷款,我什么歪主意没想过?甚至还被那个在银行工作的同学狠狠骂过一回呢,那时我可没想过会有今天这种局面。所以如今我不再急慌慌不择手段,我审视每道菜品,绝不从顾客口袋里多掏一分钱,我跟每个厨师交朋友,让他们心情愉快,爱自己的作品如同爱自己的眼睛。我知道不会再有火山爆发了,我也不想再有火山爆发了。

有天晚上,我正要去泡澡,接到个电话,号码有点陌生。

"小蚂蚁!"

我知道是谁了。这是我上大学时的外号,因为大名叫马小宇,他们就把这几个字颠倒了一下,叫起了小蚂蚁。

毕业这件事瞬间改变了我们,我们像一窝被强行赶出去试飞的小鸟,战战兢兢,却强作镇静,不仅如此,我们还不约而同添了个一本正经的习惯,我们不再大呼小叫同学的外号了,要么去掉姓氏,仅仅称呼名字以表达亲切,要么连名带姓以示尊重,而自始至终叫我小蚂蚁的,全班就辛丽华一个。

我在电话里默不作声。难道你叫我小蚂蚁,我还要快快活活亲亲热热地答应一声"哎"?再说,谁的电话簿不是分作三六九等?宛如皇帝的后宫,要么是宠妃宫,要么是为江山社稷而保持微弱临幸频率的不冷不热宫,要么干脆是冷宫。辛丽华在我这里,绝对是冷宫级别。

"我是辛丽华呀。"见我没反应,她开始提醒我。

我这才打起精神敷衍她,问她现在在哪里,干什么,她叹了口气:"说来话长啊。"停顿片刻后,她突然换上了沉重的语气:"小蚂蚁,你帮帮我好不好?"我感觉她好像要哭了。

果然,再问她时,她索性放声大哭起来,声音极具穿透力,刹那间,整个房间都是她的哭声。我感到头皮倏地麻了起来。

"要不,等你平静些后,我们再通话好不好?我这里正好有客人。"这样的哭声让我想起火山爆发的那段日子,我已经很久不去想那段日子了。

放下电话,我就去放水,放满浴缸,再拿来面膜。我喜欢泡在热水里敷脸。

我相信她不会再打来了,刚才,我的语气的确有些冰冷,但她是不是也欠妥呢?好几年不见,电话一通就朝我放声大哭,我又不是你妈!

可以想象她为什么哭,在她这个年纪,多半是家里出问题了,丈夫出轨什么的,如果她真的是因为这个,我干脆听都不要听,天塌下来了不成?男人真的是你的天吗?你要真的把他当成你的天,那谁也帮不了你,谁能对付得了天?

她还真的又打来了。我只好裹上浴衣,来到卧室。

果然平静了很多,甚至还笑了一下。"刚才把你吓坏了吧?其实也没什么,只是听到你那熟悉的声音,一下没控制住。"我在想,我怎么就不觉得你的声音很熟悉呢?

"我想明天就过来找你,我想跟你说说话。"

我愣了一下。"说话?明天?你不上班吗?"明天既不是周末,也不是假期。

"我没班上了,我下岗了。"

我松了一口气,这种麻烦比我想象的丈夫出轨要好一点,就答应了她。大不了在华悦给她安排一个岗位,我能帮她的就只有这个了,不行的话,我也无能为力。

这样的忙,我已帮过不少,老家那边总是有人过来,我不可能给他们特别关照,无非是把他们往分店经理那里一放,让经理去管理他们,干好干坏就靠他们自己了。

不过,把她交给哪个经理好呢?现在好像并不缺人手,而且我的经理们都有相当的自主权,我并不能随随便便往他们的店里安插人,何况以她的年纪做服务员也不大合适了,厨师当然更不行,收银员也需要相对稳定,不能因为她来了,我就无缘无故把人家辞了。算了，等她来了再说吧。

其实，有个岗位倒挺适合她的，就是保姆，这些天我正为这事烦心呢，女儿越来越大，心思越来越杂，普通保姆不是偷懒耍滑，就是素质低下，已经用过好几个，没一个让我满意的。如果辛丽华肯留在家里帮我，我保证不会亏待她，工资、养老金什么的一样都不少她。

算了，还是别想入非非了，她要知道我有这打算，不跳起来跟我打架才怪呢。她这人，活得不咋的，却挺骄傲，毕竟她跟我一样，是通过录取率只有百分之十几的高考大关闯过来的人，虽然只是个专科，但在那个年代，即便是中专，也是干部身份，由国家统一分配工作。所以那年当她得知我离开单位，做起了餐饮时，十分不屑。"那又何必读了大学再去开餐馆呢？读个初中就够够的了。"气得我两眼直冒火星。

其实，我要是她，我就愿意，在餐厅上班果真比在家里上班好吗？又不是一二十岁的小姑娘，还迷恋外面的花花世界，何况她已下岗，被人从那轰隆前行的车上挤下来了。

话说回来，从毕业到现在，我从没觉得她正式进入过这个花花世界，前两年好不容易勉强挤进去了，到底又给挤了下来。

毕业那年，我跟辛丽华在学校里只见过一次面，是在食堂里，她端着饭盒兴奋地告诉我，实习安排下来了，她要去某某地方实习，我也告诉了她我的实习地点，虽然在一个省，但一南一北,相隔好几百里。

实习结束后,我因为一些原因,推迟返校,等我回来时,她已经离校了。一直到次年秋天,同学们在省城搞毕业周年聚会,我们才再次见面,也才知道,她不知怎么竟分到了乡下。那一届,我们班有三成留在了省城,六成留在了市里,只有一成人分回了老家县城,而径直分到乡下去的,就她一个。

我还记得她是最后一个报到的,因为她的火车半夜到达。

再见老同学,她似乎很高兴,小脸微红,笑呵呵的,有些人已经睡了,她却跑去把她们一一叫醒,嘻嘻哈哈,打打闹闹。等她走了,她们才议论起来:

"她还是像个孩子。"

"都分到农村去了,还笑得出来。"

"她会很幸福的,听说像她这种类型的快乐天使,身上自有辟邪的功能。"

第二天上午,我们坐在一起介绍自己的工作单位,交流一年来的工作心得。轮到辛丽华时,我们惊讶地发现,她的椅子是空的,她不知什么时候悄悄离开了。

因为我们同属一个大市,我就替她介绍起来,她所在的那个园艺站,虽然地处乡下,却是正儿八经的事业单位,属林业局管辖,那里到处都是花草树木,要说工作环境,辛丽华那里是最好的。介绍完了,没有一个人回应,我觉得有点尴尬,幸好辛丽华不在现场。

吃午饭时,辛丽华才不知从哪里冒出来,班主任也被我们给扯来了,他大概看过我们的通联,盯着辛丽华说:"你怎么分到下面去了?毕业分配是很关键的一步,这时候想办法留在上面,比以后往上调容易多了。"

辛丽华放下筷子,一脸严肃地望着老师:"我正要问你呢,为什么你的立场前后不一致呢?毕业前夕,填报毕业志愿的时候,你跟我们说,要服从国家分配,分到哪里,就在哪里发光发热,这会儿你又跟我们说,要想办法留在上面!"

老师有点难堪,笑笑说:"那时是在课堂上,我是老师,你们是学生。现在嘛,你们不是学生了,我也就不是你们的老师了,我们是朋友,朋友之间当然要讲知心话了。"

辛丽华毫不掩饰地黑了脸。"这种知心话,你是不是以前就跟他们说过?为什么单单不告诉我?"

老师连忙摆手:"没有没有,这种话我对谁都没有说过。"又问,"你为什么要这么认为呢?"

"很明显,他们都知道想办法留在上面,只有我不知道,只有我一路傻乎乎地往下跑,太不公平了。"

这时,满桌的人都停止了进食,一动不动地看着她。

还是老师打破了僵滞的气氛。"给我们讲讲你分配当中的细节吧,让我们一起来帮你分析分析。"

"有什么好分析的?你们发派遣单的时候就不公平,我的派遣单是发给市教委的,我以为大家都跟我一样拿着通向地级市的派遣单,可你看看,这么多人留在省城,这说明什么!说明他们的派遣单跟我的不一样。你说得对,我也很想听听他们分配当中的细节。"

老师一笑,指着一个同学说:"你来讲讲你是如何操作的。"

这是个留在省城的同学,他揉了下鼻子说:"大三的时候,我跟现在的单位基本上就联系好了,实习在那里,工作也在那里,现在,我的实习期也算进工龄了。"

老师又指了指那几个留在省城的。

"我个人没什么能力,我的工作是我父亲托人帮我联系的。"

"我的目标非常清楚,就是想留在省城,所以我早就开始做工作了。"

"我也是,目标早定,工作早做。"

老师回过头来看着辛丽华。"如果你当时有留省城的打算,学校同样也会支持你,不把派遣证给你往下开,但你自始至终都没有跟我们提起过,学校只好视同你默认服从分配。"

"但你并没有在课堂上说过想留省城的同学来我这里报名啊。"

这下,满桌子的人都笑了起来。老师的笑声最响亮:"我要是说了这种话,我就麻烦了。"

"可是,你不说,我怎么知道?"

"那他们是怎么知道的呢?"

辛丽华就说不出话来了。老师又说:"不过,像你这样的,我觉得留在市里应该没问题呀,当时市教委跟你怎么说的?"

辛丽华脸色很难看。"我后来才知道,我被骗了,被市教委那个人骗了。"

"他怎么骗你的?"

辛丽华沮丧地坐了一会,才一脸烦闷地开讲:"市教委那个人态度非常好,而且很诚恳,我一递上派遣证,他就说,你们宝城的领导们非常欢迎你回去呢,前两天还来这里问你到了没有。宝城就是我们的县城,我一听,马上激动起来,问他:'真的吗?领导怎么知道我今年毕业呢?'他说:'当然知道啊,你们都是记录在案的人才呀,领导早就在盼着你们回来呢。'说话间,他就把我原来那张派遣单收了起来,开始给我开新的派遣单。"

"你就真的相信领导们都盼着你回去了?"

"当然要信啊,他是代表市教委在说话,而且他说得那么诚恳,不由得人不信嘛。"辛丽华低下头,筷子头在空碗里拨弄,声音也跟着小了下来,"我不光相信了他,我还在心里想象着宝城那边的欢迎场面呢,我知道,凡是领导出面的欢迎场面,多半都是夹道欢迎,热烈鼓掌。"

满桌人笑得前仰后合,但这回老师没笑,他继续问:"到了宝城是什么情况呢?"

"一到宝城,人事局就安排我到林业局去,等我到了林业局,林业局的人又说,机关不缺人,到园艺站去吧。我就像个邮包,被一站一站往下转交。"

良久,老师拍了拍辛丽华的背。"好了,安心工作吧。也许那个单位恰好很适合你这种单纯的人,起码,那里空气清新,环境优美,对健康有好处。话又说回来,世事无常,没准哪天你突然就从那里走了出来,比他们都走得远也说不准,真的,这可不是哄你,要想跳得远,必先蹲下来。现在蹲下来,是为了将来跳得更远。"

从这以后,就很少看到辛丽华笑了,她不是静静地站在一边听同学们说笑,就是怔怔地望着某处发呆。两天聚会结束,我和她一起登上了回程的火车。

她还是那副失魂落魄的表情,我安慰她:"其实,你是对的,错的是他们,是他们没有遵守游戏规则。"

"那又怎么样?遵守游戏规则的人最吃亏。"

"吃亏是福嘛,你回去后赶紧去找找人,想办法调上来,一年见习期满了,应该可以办调动了。"

过了一会,她轻轻地叹了口气。"是我自己太傻了。"

她这才想起分配中的一个细节来。原来她在宝城人事局碰到过一个熟人,还不是她认出来的,而是那个人看到她的履历表,主动问她才相认的。那个人叫吕长乐,当年曾随下派工作队来到辛丽华的老家修水库,就住在辛丽华家里,据他自己说,当年,辛丽华的父母对他非常好,宁可自己吃不饱,也要省出来给他吃。让她到林业局报到,正是吕长乐的关照,哪知林业局的人并没给他面子,转手就把她派到园艺站去了。

我说:"既然他有意帮你,就应该把你叫回来,重新分配呀。"

"他不知道我又被林业局给分到下面去了。"

"你居然没把林业局的安排反馈给他?"我大声问道。

"我根本没想到这茬。"她似乎有点慌乱,"再说也来不及了,那天林业局正好有人要去园艺站,就直接把我带过去了。"

"你真是!"我在她背上捶了一拳,"难道他们是把你绑架走的?随便找个理由,比如说你还需要回去整理行李,迟一天报到天又不会塌下来。"

"当着那些人的面,哪能想到这么多嘛。"她的脸慢慢红了。

"也就是说,吕长乐到现在都还不知道你并没在林业局,而是在园艺站?"

"有可能。"

真想再捶她一拳,但看她那副快要哭出来的样子,实在捶不下去。

"记住,下了火车第一件事,不是回园艺站,而是直接去找吕长乐,事情是他起的头,他得出来收拾残局。人事局的人,帮这点忙还不是小菜一碟。抓紧办,那种地方,越早离开越好,迟一步,小心被哪个农民娶了。"

我说完大笑,她却没笑,狠狠地点头。

过了一段时间,我打电话给她,她告诉我,她去找过吕长乐了,吕长乐已经答应把她调回县城了。

又过了一段时间,她主动告诉我,她回到县城了,在棉纺厂。我问她为什么要进工厂,就算进不了机关,也应该进事业单位啊。

"吕长乐说,要想挑单位,就得等一等,但我实在是急着回来,所以就没了选择。"

"你急什么呀?就听他的,等一等呗。"

"你不是说越早离开越好吗?还好,我被安排在人事科,也算是工厂里的机关了。"

我就哑了。看来,以后跟她说话得小心一点,想周全了再说。不过,她的脑子不是挺好使的吗?每次考试都不输人,现在是怎么了?

"这回千万要记住,不要又不理人家吕长乐了,有事没事在他眼前晃一晃,提醒他一有机会就帮你换一个单位。棉纺厂那种小工厂,只能是跳板。不行的话,咱给他送点小礼物,不要舍不得花钱,该花钱的地方,一定得花,懂吗?"

"我从没给谁送过礼,那要怎么做呀?我怕我做不来。"

这也要我教?想了想,我说:"他不是你家的老熟人吗?正好,你就说是家里人托你来看看他的。"

"那也只能做一次啊,以后呢?你不是说要不停地在他眼前晃吗?"

我正要提高声音吼她几句,一个同事过来了,只好压低声音:"理由总是找得到的,展开想象,随便什么理由都可以,能达到目的就行。"

大概是到棉纺厂半年之后吧,辛丽华给我打来电话,要我一定到她那里去一趟,她有要紧事求我帮忙。再三追问,她才吞吞吐吐地说,她想要我陪着她去见一次吕长乐。

"你的贵人,你去见他就可以了,干吗拉上我呀?"

"事情都快被我搞砸了,救人如救火,现在能帮我的除了你再没第二个人。"

辛丽华一直恳求,我只好定在周末去一趟宝城。

我所在的地级市到宝城,有六十多华里,不算远,但交通不便,我几乎从未去过。

辛丽华在长途汽车站接我,汽车刚停,她就高兴地扑过来拉着我的手。我能看得出来,她的高兴只不过是撒在生煎包子上的芝麻点儿,底色还是苍白的。

她安排我去住县招待所,说她没法招待我,因为她在棉纺厂住的是集体宿舍,八个人一间,连坐的地方都没有,衣服之类的东西,都放在读书时用的大皮箱里,塞在床底下。

我瞧瞧她的样子,还是以前的学生妹模样,就告诉她,得打扮打扮自己了。她摇摇头:"现在哪有这心思?现在一心只想先把工作问题解决好。"

我说这并不矛盾,她还是摇头,却不说什么了。转眼到了县招待所,她问我住宿费能不能报销。我说不能,出差要领导批,差旅费报销单也要领导审。

她开始掏裤兜,掏出一把皱巴巴的零钱。她居然连钱包都没有。再看看她寒酸的衣着,我突然动了恻隐之心。

"我自己来吧。"我拿出钱包。

"多不好意思!"她坚持着付钱的姿势,我一使劲,就把她拿着零钱的手扒拉到一边去了。看到她不好意思的神情,我给她找了个理由:"谁叫我工资比你高呢。"

我们在房间里聊了会儿工资,她的神情越发黯然,没想到她的工资那么低,我的工资差不多是她的两倍。她低声但是坚定地说:"所以一定要离开棉纺厂。"

话题就从这里回到正题。"我感觉吕长乐那边,是不是已经被我捞酸了?"

虽是宝城方言,我还是听懂了,就是出手求人办事,招已经使完了,但事还没办成,困在中途无计可施的意思。

我问具体是个什么情况,她说她已经听了我的建议,去看过四次吕长乐了。"你知道我的钱不多,买不起什么贵重东西,而且我讨厌送烟送酒,那些东西不但庸俗透顶,还贵得要命,我只能在力所能及的范围内,尽量买一些实用又不俗气的东西。"第一次,她给他送了一钵君子兰。她是从园艺站出来的,站在宝城街头,举目一望,最熟悉的东西只有花草和树木。她编了个理由,说这花是她从园艺站专门给他带出来的,其实是她从花店里买的。吕长乐高兴地收下了,摆在他办公桌旁边的小茶几上。第二次,她给他买了个带托底的茶杯。第三次,她买了个拉力器,她想他在办公室里坐久了,偶尔站起来玩玩拉力器应该挺不错。这回吕长乐的反应跟前两次有点不一样,他好像很窘,非要她拿回去。第四次,她实在想不出什么好主意了,只好把母亲搬了出来。"我真为我母亲感到难过,她根本不是这样的人,她这一生,除了自己的父母和兄弟姐妹,没结识过半个外人,更不用说给谁送礼了,她说得最多的一句话是'人的命天注定',其次就是'人不求人一般高',可我却拿着一双手工老棉鞋来献给吕长乐,还说是我母亲专门为他做的。其实是我从路边一个老婆婆手上买来的,我真希望那个老婆婆不要再在那里摆摊了,不然,吕长乐很可能会发现那鞋的真正产地。"

讲完四次送礼,她就难过地沉默下来。

"然后呢?"我问她,"吕长乐怎么答复你的?"

她摇了摇头。"有一天,我在街上碰见了吕长乐,他旁边走着个中年妇女,我猜是他爱人,正要走上去跟他打招呼,他头一低,装着在看路边的某个东西,径直走了过去。我相信我的视力,也相信我的判断,他看到我了,老远就看到了,但他不想跟我说话,而且他做得很明显。我站在那里,实在想不明白,难道我绞尽脑汁、厚着脸皮送礼,结果竟把他送成了陌生人?"

"也许你太急于求成了,其实你没必要这么紧锣密鼓,应该给他一点时间,就算他是人事局局长,有些事也得等到机会出现,再水到渠成地办,他不可能为了你那四件小礼,就打破正常工作秩序,把你像拎小鸡一样从棉纺厂拎出来,安置在你想要去的地方,没有人有那么大的权力。"

"可我实在是等不下去了。"辛丽华说这句话时,眼泛泪光,楚楚可怜。

"那也不能急呀,一边等吕长乐的消息,一边把棉纺厂的日子打理打理,过得有滋有味的,才是上策。"

"有滋有味?哼哼!"她苦笑起来。

又聊了些同学的情况,我发现她对同学的近况一无所知,也没有兴趣打听,没精打采地当着听众。正要改变话题,她说话了:"谁都比我会混,谁都比我混得好。"

我无话可说,只好胡乱安慰她:"现在说谁混得好还太早。"她仍然打不起精神来,我叫她先去洗澡,今晚别回集体宿舍了,我请她住招待所,反正是标间,有两张床。

她不为所动。"我十一点半得回到厂里去。"

"怎么?集体宿舍还点名?"

她稍稍低了低头,用极低的声音说:"告诉你一件事,但你千万不要告诉别的同学,我不在人事科了,我被贬到车间去了,三班倒,今天是夜班。"

我大感震惊,辛丽华怎么说也是读了全日制大专出来的,在一个小小的棉纺厂竟然受到如此待遇,还有没有王法?我气愤地冲她嚷道:"行了,今晚别去上什么夜班了!别在他们面前表现得太好欺负,你是什么人?你受的是什么教育?太过顺从,就是自甘堕落。"

她像一个在外面受了委屈刚刚回到母亲身边的女儿,抽抽搭搭哭个不休。断断续续的讲述中,我听到了一个闻所未闻的野蛮故事。

辛丽华在人事科其实是没什么地位的,她的工作就是审核各车间的工资预算表,到了月底再汇同财务部门向各部门核拨工资,完了再绘制全厂的工资报表。任务不重,但有很多日常杂事,包括打扫卫生,去锅炉房打开水,拿邮件,给人事科长买早点,帮同事去幼儿园接孩子,等等。有个副科长怀孕了,胃口不佳,成天蔫头耷脑的,总想吃酸辣食物,就安排她骑上自行车,跑几条街帮她寻找各种又酸又辣的东西。还有个男同事,他家有个读初中的儿子,隔一两天就拿来几道数学题,要她给他做出来。到了晚上,她疲累地回到集体宿舍,躺在床上回忆这一天是如何度过的,结果发现自己什么正事也没做,净在给领导和同事们当仆役。她感到难过,也格外空虚,甚至觉得棉纺厂还不如那个园艺站呢,在那里,至少她认识了各种苗木,也慢慢熟悉了它们的生长条件和规律,在棉纺厂能学到什么?加减法?当小差?

保卫科就在人事科对面,有一天,保卫科长过来向她们透露一个情况,有个别女工嫌车间工作辛苦,三天两头泡病假在外面乱来,已经发展到明码标价的地步,相貌好一点的五十,差一点的三十,再差一点的十块五块都有,他要求人事科加强对女职工的教育和考核,特别是出勤管理这一块。科长问他要了那些人的名单,她把那些名字记在一个小本子上,然后马上召集科里人开会,拿出了应对措施,凡请事假的,一律由人事科批准,凡请病假的,除了要有厂医务室的诊断证明,人事科还要审查备案,这等于上收了全厂的考勤管理。这项工作落到了辛丽华头上,同时交给她一本相关的法规,要她严格按照国家规定办事,这很简单,丧假多少天,婚假多少天,产假多少天,文件上就明明白白写着呢,比较难的是病假。辛丽华发现,有些人请的是生理假,她向科长请示,科长果断地说:"取消生理假,车间又不是农村的水田,来那玩意也不影响生产。"辛丽华专程去医务室宣讲科长的意思,但厂医有点为难,说有些孩子的确有月经痛,来的时候疼得直冒冷汗。厂医说这话的时候,刚好有个叫全妮的漂亮姑娘正在请生理假,她赶紧打电话向科长汇报,科长还没听完就说,你叫她到我这里来请假。辛丽华只好陪着全妮一起来到科长办公室。

科长似笑非笑地望着全妮说:"按说,你早就不该疼了,都是过来人,话不必多说,你自己心里有数。"全妮轻轻按着小肚子,茫然地望着科长。科长笑着说:"你是不是有了副业,瞧不起车间那点工资了?""啥副业?"全妮一脸的莫名其妙。科长哼了一声:"别装了,一个晚上五十,出去三个晚上,就抵得上一个月工资,这个账谁都会算。"

"我不知道你在说什么,反正我要请假。"全妮的目光转向别处。

"可以。"科长突然换了战术,"要请假就是事假,反正不能请病假。"

"事假就事假。"全妮站起来就走。她长得可真漂亮,高挑丰满,白色的夏季工作服,还有白围裙白帽子,穿在她身上好像不是用来干活的,而是去跳舞的。

过了一段时间,全妮又来请假了,依旧捂着小肚子。她还记得上次的不愉快,一来就说:"我来请事假。"

科长拿过辛丽华的考勤记录,翻了翻,哼了一声:"你一个月来两次?"

全妮说:"你要不要跟我去厕所验证一下?"

辛丽华看到科长的脸腾地红了。"我可是听说有人拿红墨水冒充月经呢。"

全妮低下头去,片刻,她忽地站起来,做了个叫人目瞪口呆的动作,她当着大家的面猛地褪下裤子,扯出一条红色的湿嗒嗒的东西,扔向科长的办公桌。"那麻烦你看看是不是红墨水。"

一场混战就在眨眼间爆发了,科长冲过去甩了全妮一个嘴巴子,一边骂她卖货、婊子,一边把她的头往那条东西上按,非要她吃下去不可。副科长则兔子般冲到对面保卫科,很快,两个男人冲了进来,扭着全妮的双臂把她拖了过去。

科长气得眼泪都下来了,大家都赶着去安慰她,为她拧毛巾擦脸,她哭着骂着,突然一回头,冲辛丽华嚷道:"你他妈的就知道站在一旁看戏!"

辛丽华的确站在一旁动都没动,但她不是为了看戏,而是吓傻了,从全妮猛地褪下裤子那一刻,她就失去了行动的能力,也失去了说话的能力,像根木桩似的站在那里,脑子里轰轰作响。

科长一吼,辛丽华赶紧拿起扫帚,要把掉到地上的那条血糊糊的东西扫走。

科长一声尖叫:"你什么意思?你要帮她销毁证据吗?给我放下!"

辛丽华赶紧听话地放下扫帚,心想,既然是证据,就应该好好保管起来。于是她去找来一个塑料袋,小心翼翼地把它装进袋子里。量真大呀,沉甸甸的,她想她一个晚上都不会出那么多血。

可是,应该把它放在哪里呢?看来看去,她觉得文件柜是个不错的地方,既不有碍观瞻,又可以妥善保管。

刚一拉开文件柜,科长又尖叫起来:"你有没有家教?文件柜是放那个东西的地方吗?"

一个同事冲她喷了一声:"快拿到厕所去!"

她只好提着袋子往厕所跑。

刚一出门,科长又冲她喊:"我警告你,你要是把这东西给我弄丢了,有你好瞧的。"

她不敢去了,万一被弄丢了,或是被清洁工收走了呢?想了想,她小心翼翼地问科长:"要不要把它送到保卫科去?"

科长虎着脸,气咻咻地不吱声,她只好提着那东西往保卫科走,刚一进去,就被一个男人当胸一把搡了出来:"快拿走!龌龊老子的眼睛。"

他的反应让她想起来了,女人的这东西,在男人眼里的确算得上是秽物,看了要背时的。

她只好提着袋子回来,可怜巴巴地看向科长,请求指示。

"看什么看!它在哪里你就在哪里,弄丢了我拿你是问。"科长又哭了起来,一块手绢已经湿透了,"臭婊子,我发誓,我跟她没完。"又对辛丽华说,"你给我保管好了,我非要把她妈叫来,叫她当我的面吃下去,是她教的女儿,她就得负责。"

既然这东西只能放在厕所里,既然科长说这东西在哪里她就得在哪里,是不是她就得去厕所里守着它呢?

她听见副科长已经在给全妮的家里打电话了,心想,那就在厕所里守着吧,反正全妮她妈过不了多久就会来的,她一来,她的任务也就完成了。

她找了个干净点的角落,把袋子放下,人退到厕所门边,时不时拿眼睛瞄一眼。

隔一会就有人来上厕所,她们对刚才发生的事多少有点耳闻,见辛丽华站在那里,免不了要问她事情经过,她只好简略作答。听过解答的人回去后,越来越多的人过来上厕所,顺便亲耳再听一遍,亲眼再看一遍。她觉得这样似有不妥,有点宣传丑恶行径的嫌疑,对科长的形象建设也不利,就决定离开那里,不再充当讲解员。

她回到办公室时,科长已经不在那里了,其他人在处理一些日常事务,办公室看似恢复了常态。忙了一会,有人突然扑哧一声笑了出来:"没想到她真的会当着大家的面脱裤子,把我吓死了。"另外两个人也跟着笑了起来:"大概是脱习惯了。"

"你们说,待会儿她妈来了会怎么样?真的会让她吃下去吗?"

"最好是不来,年纪大了,弄出点事来怎么办?"

"肯定会来的,人事科通知她女儿在单位出了事,她肯定会不要命地往厂里跑。"

这时,一个同事抬起头,诡异地朝辛丽华笑了笑:"辛丽华,你这个保管证据的人,待会儿可要见机行事哦。"

正要讨教该如何见机行事,财务那边打电话催她来了,这天正好是核拨工资的日子,她放下电话就往外跑。财务那边一见她,就问起今天的卫生巾事件来,而且争先恐后地发表她们的看法,大意是,他们人事科太过分了,太不人道了,痛经是可以请病假的,人家现在不要病假工资,索性请事假,你们还不准,这不是故意刁难人家吗?

辛丽华是个耳根子很软的人,科长大发雷霆的时候,她觉得科长很有道理,这会儿听财务的人这么说,她又觉得她们说得也很有道理。

回来的路上,她想起了同事那句话,她要她见机行事,到底是什么意思呢?难道她的看法也跟财务这边差不多?既然是这样,那还不如现在就见机行事。

她拐进厕所,谢天谢地,里面没人,她用两根手指尖夹起那个塑料袋子,丢进了篓子里。

没有了这东西,全妮的妈妈就不会受刺激,就不会出事。与此同时,她的正义感悄悄爬了上来,怎么能让一个老人当着大家的面吃下女儿用过的卫生巾呢?全妮已经是个成年人了,自己的过失自己承担,万万没有株连到母亲这一说。

差不多快下班的时候,门口响起一个温和而礼貌的声音。同事低声咕哝道:"来了!"

科长从她的单间里呼地冲出来,大声喊道:"辛丽华,把东西给我拿来。"

科长的表情和声音让她战栗不已,明知那个东西已经不在了,但她还是站起来,混混沌沌朝厕所跑。真是天助我也,清洁工来过了,所有的垃圾都清理光了。

可是,该怎么向科长交代呢?办公室那边的声浪越来越高,好像不止科长和全妮妈妈的声音,似乎大家都参战了,她决定尽量拖延时间,希望她们只顾着吵架,把这事给忘了。

"辛丽华!"科长在那边厉声尖叫起来。

那声音就像装在她头上的一根提线,她本能地顺着声音往回跑,科长黑着脸叉腰站在门口:"东西呢?"

"不……不在了。"

科长瞪着她,就像没听见似的,吼道:"听到没有?快点拿来!"

"好像是清洁工收走了……"她紧走两步,压低声对科长说。

科长的身体突然一硬,也就四五秒钟的样子,她推开辛丽华,大步往厕所走去。

她赶紧跟过去。

仿佛是全妮在办公室的情景再现,科长来不及走进小门,就站在洗手池边褪下裤子,从短裤上哧地扯下自己的卫生巾,再用一只手提上裤子,扭头就往回跑。"你给我等着!"路过辛丽华身边时,她咬着牙对辛丽华低低地咆哮了一句。

怎么这么巧,她今天也来例假。

接下来发生的事,辛丽华说她这辈子都忘不了。

科长一手死死夹住全妮妈妈的脖子,另一只手把那血糊糊的东西拼命往她嘴里塞,全妮妈妈紧闭着嘴,头不停地扭来扭去。如果不是那些同事及时上前把她们拉开,卫生巾可能真要塞进她嘴里去了。

全妮妈妈趴在地上哭,她脸上血糊糊的,像刚刚吞下猎物的食肉动物。科长却踩着半高跟皮鞋,得胜还朝般走了出去。

待大家都走后,辛丽华把全妮妈妈扶到厕所,掏出自己的手绢让她洗脸。老人一边洗一边哭,全程除了哭,一个字都没说。同事们说得没错,她的确是个老实人。

洗完脸,她把手绢扔进篓子里,对辛丽华说:"我会让全妮赔你一条手绢的。"

她说完就下楼去了。辛丽华一直站在窗口看她,她发现她走得很慢,走了很久才拐上通往大门的甬道。突然,她摔了一跤,那么宽敞平坦的两车道大路,她竟然摔倒了。不过,她很快就爬了起来,连身上的灰都没拍一下,继续往前走去。

科长因为心里不痛快,好几天没有上班,终于来上班了,脚步还是有点气呼呼的,弄得整个办公室都紧张兮兮。没过几天,副科长对辛丽华说:"三车间的统计员生孩子去了,你去代几天班吧。"

她只好去了。

等那个统计员休完产假回来,辛丽华重新回到人事科,发现她原来的座位上已经有人坐着了。副科长说:"你去代班期间,这里的事情不能没人做,所以……"

她只好继续回到车间,统计员的差事却不肯交给她了,僵持了几天,他们在机床上给她安排了一个岗位。真正的工人是拿计件工资的,辛丽华是个新手,何况心里还憋着一腔怨气,她的工资少得可怜。

有一天,她在车间看到了全妮,便满腹怨愤地迎了上去,说都是因为她,她才落到今天这个地步。全妮很高,足足高辛丽华一个头,她垂着眼皮,从眼睑缝里扫了辛丽华一眼:"关我屁事!自己没本事!"

……

现在,她每天最怕的事情就是上白班,她反倒更喜欢上夜班,路上黑乎乎的,没人知道她是谁,要去哪里,去干什么,她说她不怕累,也不觉得累,她只是感到羞耻……"我妈要是知道我下了车间,非气死不可,她干了一辈子体力活,把我培养成大学生,就是想叫我跟她的命运不一样,可你看看,我现在跟她有什么区别?"

情况的确比我想象的严重多了,我提醒她,现在最要紧的不是调出棉纺厂,而是调出车间,事情得一步一步地来。

"但吕长乐他现在不想见到我啊,我一趟一趟地往他那里跑,他肯定早就烦我了。我的脸皮再也厚不起来了。"

"生存重要,还是脸皮重要?"我把我们在同学聚会上常说的那些话端了出来。我还举了个例子,我们以前的班长,为了讨好他的头儿,把在学校谈了三年的女朋友都甩了,就因为他的头儿要给他做媒。至于吕长乐为什么要在街上装作不认识她,我也给了她合理的解释。"一个男人跟他妻子在一起的时候,最忌讳有女人上来跟他打招呼,尤其是他妻子不熟悉的女人。不信你明天去一趟他办公室,看看他对你的态度是不是真的有变化。如果没有,就证明我说对了。"

第二天一早,我强迫她请了假,陪她来到人事局门口。我把她推了进去,然后在门口等她。

这次没有礼物,女孩子来求一个男人,还要什么礼物!那是男人们的事。"这次的礼物就是眼泪,你一定要在他面前痛哭流涕,一定要详详细细告诉他,你是如何被赶到车间去的,这样才能让他印象深刻。"

其实我心里没底,我不知道那个吕长乐到底对她印象如何,虽然她去看过他四次,而且每次都带了礼物。天地良心,那叫什么礼物啊。

半个小时过去了。她说以前每次来,都是丢下东西就忙不迭地往外跑,前前后后不超过十分钟,看来,她已经把礼物拿出来了。

辛丽华终于低着头走了出来,她的眼睛又湿又红,表情却很平静。再一看,她手里多了个小纸盒子,是一套咖啡组合。

"他当着我的面给厂里打了电话,说了好久,然后就叫我回厂里等通知。"

"怎么样?不是你想的那样吧?以后记好,不光是吕长乐,任何一个男人,当他跟别的女人在一起时,千万不要冒冒失失跑上去,除非他主动跟你打招呼。"

"我觉得这回他对我比前几次都要热情。你看,还给我东西,这可是第一次。"

"还不是因为这次的'礼物'选得好。"

"不知道为什么,我一看见他,一说起那些事,眼泪就止不住往下掉。"

"你不知道吗?你在向他撒娇啊,真羡慕你,有这么个人罩着你,我可是打着灯笼都找不到这样一个人哪。"

我提醒她,不要因为从车间里出来了,就松了一口气,就忘了从工厂调出来的大事,一定要趁热打铁,把能想到的事全都办了。"万一吕长乐离开人事局了呢?这是完全有可能的。"又提醒她,万一吕长乐离开了人事局,也要继续保持联系,要抱牢这条大腿。在宝城,无论吕长乐在哪里,都可以帮得到她。

她频频点头。我问她:"这个吕长乐,长什么样子?"

她的表情顿时明亮起来:"他呀,不太像个机关干部,倒像个老师,我看到他办公桌上还摆着一本英汉词典呢,在这个地方,像他这样的可不多见。"

又问他多大年纪,她笑盈盈地说:"不是说了吗?跟我们老师差不多。"

我不知道她说的是哪个老师,不过也不用再问了,我们的老师几乎都是中年人。

辛丽华要用吕长乐给她的咖啡招待我,我拦住了她。

"我们喝了无非是变成废液排出去,如果你把它送给对你有用的人,那它就产生价值了。"

她眨巴着眼睛看我,好像一时间想不出应该送给谁。

"等你回到了人事科,把它送给你的科长,你不觉得你们之间需要改善一下关系吗?"

"这也太实用主义了吧?再说,我一点都不喜欢她,她也不喜欢我。"

"废话,又不是喜欢谁才送谁礼物的。"

"万一她不收呢?"

"你都没有试过,怎么知道她不肯收?就算她不收,还有别人呀,办公室的同事,同寝室的同事,哪怕是送给你们宿舍的门卫呢?总之,送给任何人,都比你自己喝下去要好,最起码,你改善了自己的环境。"

她做了个怪相,问我:"你是怎么知道这些的?你父母教你的?"

"这种事还用教吗?这就像下雨出门要打伞,是人都会做呀。"

"我当然知道下雨出门要打伞,可我就是不知道你刚才说的这些。你以后能不能经常教教我?"

她脸上终于有了笑容,我也挺有成就感的,总算没有白跑一趟宝城。

从辛丽华那里回来没多久,我就遇上了后来变成我丈夫的人,严格地说,是他瞄中了我,向我展开了热烈而持久的攻势。从那时起,我的日子就过得天昏地暗。有段时间,我感到既幸福又紧张,因为他是有妻小的人。我躲他,他就不吃饭不上班,失魂落魄地到处找我。我推开他,他就流着眼泪拿刀朝自己胳膊上砍,说是没有我他根本没法活下去。我指责他不该背叛自己的家庭和爱情,他就说那是个错误,他们根本不该结婚,他们的婚姻有很勉强的成分,而有了妻子,孩子就像种子要发芽一样,自然而然地降临,但这一切都不是他想要的,他说直到看到了我,才知道自己真正想要的是什么。我说他在把我推向一个被人唾弃的境地,他说一切都不重要,除非我对他根本没感觉。

怎么可能没感觉?我正是在对他有感觉的时候,才知道他有妻小的,在这之前,我以为他真的像我看见的那样,是个正处于求偶期的翩翩青年。

我看过他起草的离婚协议,他把一切都给了妻子和孩子,这让我稍感安慰。

在等待对方签字的时候,我们格外小心,生怕被他妻子看见,这时我想到了辛丽华,我们可以到县里去玩,可以一起去看我的老同学,那里不担心会碰见他的妻子,他的熟人。

事隔一年,辛丽华变化很大,她不仅重新回到了人事科,还从集体宿舍搬了出来,她在外面租了一间小房子,屋里有一张大床,还有简单的炊具,除了这些,我还隐隐约约觉得她比以前老练了。谈到她的工作调动问题时,她竟然淡淡一笑:"再等等吧,急不得,工作这东西也是缘分,缘分到了,自然就成了。"

我问她这房子租金多少,她的眼神跳荡了一下,望着别处说:"是一个同事的房子,她丈夫是军人,她随军去了,在回来处理之前,先借给我住一阵。"

我们只是抽空闲聊几句,不可能聊得很深,因为我不是一个人来的。我向她简单地介绍我男朋友,她边听边点头:"很好,你能碰到这样的人,真是你的幸运,你知道吗?有些人很惨,偏偏看中的人是结过婚的人。"

"那有什么?叫他离婚呗。"虽然吓了一跳,但我还是尽量冷静,我不相信她会知道我的情况,因为连我的父母都还不知道我男朋友的实情呢。

"如果对方不可能离婚呢?"

"那怎么办?"我再次吓了一跳,难道她真的知道点什么了?

"其实,不离婚也无所谓,只要两个人真心相爱,什么都不是障碍,你说是吧?"

我真怀疑她从哪里听说过什么了,为了防止她再说出什么让我心惊肉跳的话来,我赶紧拉着男朋友逃了出来。

没想到我很快步了那些不幸女人的后尘,我曾经同情她们,嘲笑她们,觉得她们真笨,真痴情,真自以为是,竟然相信男人的傻话,竟然看不透男人的真面目,可现在,我比她们更惨,从短暂而甜蜜的新婚直接过到更加甜蜜的孕期,还不到一年,比一粒糖果的长度还短,然后就是平地一声惊雷,我遭到了那个女人的丈夫的威胁。

后来我想,我的反应其实有些过激,从生理学的角度来看,我怀孕的确早了点,至少应该把新婚期挥霍得涓滴不剩再来怀孕,可我的妊娠反应在我们婚后第三个月就来临了。我的反应很大,别说上班,连走路都不行,甚至他上床的动静都能引起我的惊天呕吐。我像尸体一样在床上躺了四个月,终于坐起来时,就发现出事了。

我把各种能想到的最恶毒的话都骂了出来,声嘶力竭实在骂不出声了,我就打他,抽他嘴巴子,踢他,掐他,他没有反抗,实在扛不住了,就叫我别打了,他自己来。他不停地抽自己耳光。"我叫你管不住自己!我叫你色迷心窍!我叫你不是人!"虽然那时我还不会站在生理学角度分析,但我已隐约感觉到,罪魁祸首也许只是他的身体,他拗不过他的身体,他向他的身体投降了,正准备看在腹中孩子的分上,偃旗息鼓,将他"留家察看",那个女人找到了我,她像索要自己家走失的宠物一样,向我索要我的丈夫。"他说他已经不爱你了,对你完全没感觉了,他说他在你这里水深火热,度日如年。"

这话让我如遭雷击,当年,他追我的时候,也是这么说的,他说他在他前妻那里水深火热,度日如年。几乎一字不差。那一刻,我想到了命运,我知道我的报应来了,我还觉得他可憎又可怜,他大概就是这种命,千方百计得到一个人,刚一到手,这个人就变成了他的樊笼。

所有恋爱中的男女都被他们俩株连了,整座城市都被他们俩株连了,我突然发现那些人是那么丑陋,挽臂而行的情侣更是令人恶心,城市处处包藏着丑恶与凶险,举目一望,没一个地方停得下我的目光。我决定一走了之,如果我继续留在这里,我担心我的孩子将会遗传我的怨愤,一出生就是个怒气冲冲的人。

我就这样来到了省城。足有一年,除了逛街,我什么也不干,从大着肚子逛,直逛到肚子扁平,孩子坐上了学步车。我逛街可不是为了购物,而是为了平息心中的愤恨和哀伤。自始至终,我都没有告诉他我的行踪。通过别的渠道,我了解到,一年以后,他就跟那个女人结婚了,但愿这次他能守牢他的婚姻,不会再度变得水深火热,度日如年。

靠同学们的帮助,我干起了临时工,一年下来,换了两个地方,而且收入菲薄,朝不保夕,有时甚至伤及尊严,我决定换一个思路,离开单位自己干。还是那些同学出的主意,他们说,要想见效快,只有干餐饮。一个同学的单位决定把食堂外包,他向单位领导推荐了我,面试前一天,我多了个心眼,决定偷偷去见一见面试主管。我把离婚所得拿出来,心疼地包了个大红包,没办法,舍不得孩子套不住狼。是个年过半百的老男人,他在他办公室的小沙发上接待了我,我刚刚拿出红包,他就捉住我的手,一脸严肃地推了回来:"我听说了你的情况,一个小姑娘自己出来做事,不容易,以后有什么难处,尽管跟我说。"他有点混浊的眼睛诚恳地望着我,我拿着红包的手已经放弃了抵抗,他还是捉着不放。我想我可能有点财迷,眼看拿出去的钱走到半道又回来了,不免心花怒放,也就任由他捉着我的手不放了。只是一只手而已,再说他都答应要帮我了,长到这么大,说过要帮我的人有几个?就算是致谢,也该让他捉一会儿。

就这样,我很顺利地拿到了那个食堂的外包合同。

捉我手的男人后来还捉过我的腰、我的屁股,但我没让他继续捉下去,因为我的身体实在抗拒得太厉害了,我不能不依了我的身体。再说,后来我都弄清楚了,当初想要承包食堂的人并不多,除我之外,还有两个人,但那两个人都是有工作的,他们只是想包下来,再转包出去,和他们竞争,无须他的帮助我也有足够的优势,可他却无端地卖了我一个大人情。他大概也明白了我的想法,所以在年终结算时尽量维护我的利益,他甚至还替我着想,想把我的关系也办进单位里来,也就是把我这个人完完整整地调进来,这个想法简直是太宏伟太浪漫了,我不能不怀疑他的实力。说实话,跟他打交道让我学会了不少东西,人常说不见兔子不放鹰,但现实却是,有时兔子来了,鹰也是放不得的,因为那兔子身上有根隐线,被人提在手里,关键时刻兔子可能会消失得无影无踪。我一面应付他,一面暗暗下定决心,总有一天,我要彻彻底底自己干,我不想再受制于任何人。

承包食堂的这两年,我已经尝到了自主经营的甜头,我发现,跟上班比起来,这里不仅舞台大,干起来自在舒心,而且不用装模作样,不用做小伏低,更重要的是,这里赚钱相对容易,起码比上班强多了。

但真要自己干,面前还有个无法逾越的门槛,我没有足够的营运资金。

这中间,为了食用香料的事,我跟辛丽华联系过一次,因为宝城的辣椒花椒之类的比较有名,而且便宜,我想让她帮我采购一些。

这才知道,当我在千难万险中拼命折腾的时候,辛丽华却交了好运,托那个吕长乐的福,她居然进了银行,这可不是一般人能进得了的地方。

她的语气,还有声音,无一不在告诉我,她这几年混得不错。

"我现在才尝到热爱工作的滋味,跟在园艺站和棉纺厂时相比,我觉得我现在才刚刚参加工作,而且我怎么也没想到,我这种人也能干得不错,还得到了提拔。"

刚开始,她在柜台上当营业员,后来,有人发觉她文笔还不错(到底是读过全日制大专的),将她提到办公室,干起了文秘。"上来了才知道,人在柜台上坐着,视野的确太狭隘了,每天就那几笔业务,就那几个客户,闭着眼睛都能应付下来。现在我已经掌握了银行业务的整体流程,虽然我不会操作。但操作有什么难的,无非是熟能生巧。而且我发现,领导不愧是领导,真的比一般人强很多很多,我在他们身上学了不少东西。"

她一开口就滔滔不绝,即使我不问,她也能一则一则讲下去。

"你肯定想不到,我们的行长,居然是从一名农村的拖拉机手一步步奋斗上来的,当行长前,他是宝城财政局的副局长,看看这个跨度,你就能想象出他的成长有多快。比较之下,我真是羞愧死了,这么多年没接触财务,我怀疑我连一张报表都做不平了。

"而且福利不错,我现在已经有了一套九十多平方米的房子,想想以前八个人一间的集体宿舍,我真的感觉像在做梦一样。九十多平方米有多大呢?这么给你形容一下,有时我在厨房做饭,电话在卧室里响了,我得一溜小跑地过去接电话,不然那头会以为我不在,把电话挂了。"

她的得意无疑对我是个刺激,我故意打断她,问她能不能帮我买到我需要的东西,如果买到,麻烦帮我弄个包裹寄过来。

"不用寄,我叫我们单位的司机给你捎过来,我们单位几乎每个星期都有人来省城,何必花那个钱去寄包裹。可惜我太忙了,要不我就亲自给你送过来。我是全行最不能请假的人,因为公章在我手上,又不好请人代管,万一被人钻了空子,一个章盖下去,几百上千万说不定就没了。"

我不发一言,静静地听她讲述自己的重要性,以及她的意气风发,阳光万丈。她终于觉得不对劲了,嘎地刹住车,问起我来。

"不过,你怎么去了省城,而且开起餐馆来了?你什么时候离开市里的?你不是调过去的吗?天哪,难道你辞职了?"

她果然比以前更会思考了,刚问出第一个问题,第二个问题、第三个问题就相跟着自动跳了出来。

"对,辞职了,开起餐馆来了。"我已不想提起旧事,尤其不想跟她提。

"为什么?我觉得还是上班好,尤其是女人,一要有工作,二要有男人,两者缺一不可,否则就没有安全感。"

我冷笑一声:"这么说,你现在很有安全感了?"

"比以前是强多了。"

"也就是说,你有男人了?结婚了吗?"

"这个问题嘛,有机会见面的话,再跟你细说。对了,你肯定结婚了吧?老公就是上次跟你一起来宝城的那个男人吗?餐馆是你在管,还是你们两个人一起开夫妻店?唉,反正你是很能干的人,你总是能把自己的生活料理得很好。我说得没错吧?"她还像刚才那样,说到我时,一个问题总能牵出一大堆问题。

"还是见面再聊吧。"我哼哼两声。也许她真的太忙了,太热爱她的工作了,要不就是她内心深处根本不关心我的状况,所以她问题虽多,但并不渴望得到答案。

没过多久,她果然托她单位的司机给我带来了一麻袋东西,里面夹着一张物品清单,品名,重量,价钱,样样写得一清二楚,我都照单付了,还客客气气地请司机进来用餐,当然,他谢绝了。

等司机走了,我才发现,辛丽华帮我采购的东西,根本不是我所希望的,这也难怪,她又不干餐饮这一行,有可能她现在都没下过厨,请她买东西,只能说是我的失职。从这以后,我再也没请她办过类似的事,自然也没跟她联系。

但有天深夜,她突然给我打了个电话来,原来她就在省城的某家宾馆里,她叫我过去跟她聊聊。

我在心里哼了一声,我走了,孩子怎么办?明天一早我还得去店里呢,我可不像你,磨洋工也有工资拿。我找了个理由,说太晚了,她的宾馆又远在城市东边,我却在西边,我责怪她没有早点跟我联系。

"我是想跟你联系的,但身不由己啊,我是跟我们行长一起来的。"我猜她又要跟我讲她那激情四射的工作,正要找个理由把电话挂了,她却重重地叹了一口气,"不能见面真是太遗憾了,我有好多事想跟你讲呢。"

"怎么?你又得到提拔了?你快点升吧,越快越好,升到省里的银行来,也好关照关照老同学。"

"别开玩笑了。我不想说工作上的事,我就想跟你说说今天发生的事情。"

原来她并不是被行长带到省城来的,她是半路上被行长捡到的,她本来想趁星期天去市里玩玩,中途碰上行长的车,行长问她在干什么,她支支吾吾,说随便出来走走,行长就说:"既然没事,上车吧。"她说到这里向我补充:"不是随便碰到哪个人行长都会往车上捡的,我忘了告诉你,我们行长还是比较欣赏我的,他总夸我人单纯,又肯吃苦,是个好孩子,所以才会在半路上把我叫上车。"上了车,她才知道这车要一直开到省城去,而且行长夫人也在,她突然明白了,可能行长怕自己办事时,行长夫人想逛街却没人陪。

"我其实是很愿意跑这一趟的,我还从没在休息日跟行长一起出过门呢,你也知道,我很崇拜我们行长,我觉得他应该成为我们这些人的榜样,说起来,他的起点还不如我们呢,可你看看他现在,除了是行长,他还是财政专家、金融专家,真不知道他是从哪里修炼来的,也许他生来就是个天才。"

可是行长的座驾并没直接开到省行,而是进了一家叫好望角的酒楼。酒楼老板夫妇把行长夫人、司机和辛丽华三个人安排好后,就跟行长到另一个房间去了,直到午饭时间都过了,三个人才走出房门。吃过午饭,老板娘说带他们去新世界逛逛。

"我悄悄对司机说,去那里干吗?那里的东西贵得吓死人,不如我们去批发市场逛逛吧。顺便告诉你,司机是个冷面孔的人,一般情况下,不回人家的话,即使回话,也不爱看着对方的眼睛,甚至不动嘴唇,一张脸终日像泥塑一般。像往常一样,我以为司机根本不会理我的茬,但过了一会,他却提醒我,跟领导出来,少说话,最好不说话,也不要自作主张,动手动腿动脑子就可以了。我只好听他的,跟在他们后面进了新世界。那里的东西都好漂亮,可也真贵,我看他们都在那里挑挑拣拣,就想,我就看看最小的东西吧,比如围巾,我就不相信,一条围巾能贵到哪里去。我瞄准一条,上去一看,我的天哪,这卖的是围巾吗?我一算,差不多是我半年的工资,半年不吃不喝就买一条围巾?我又没疯。索性打消了买东西的念头,随便参观。一个多小时后,司机找到我,做了个撤的手势。我一看,他肘弯处搭着两件衣服,不禁又惊讶又羡慕,没想到他这么有钱,竟敢大大方方在这里买衣服。老板娘和我们一起在结算柜排队,轮到我们时,老板娘呼地抢过行长夫人手上的小票,还有司机手上的小票,连同一张银行卡,一起递了进去。我明白了,我们这群人所有的消费,都是老板娘买单。真是壮举呀!你知道我们总共买了多少东西吗?行长夫人共挑了五件长皮袄,他们夫妇和三个孩子各一件,外加一男一女两个皮包,五件衬衣,四条裙子,司机一件夹克衫,一条长裤,一个钱夹,所有的东西都是名牌,行长夫人挑的那皮袄,我悄悄摸过,柔软得像丝绸,真把我吓了一跳。收银小姐说:'一共是十五万九千六百,请问有贵宾卡吗?'这话真的像炸雷一般,把我的耳朵震得嗡嗡作响。我依稀听见老板娘说:'当然有。'这时,行长回过头来,望着我,半是责怪半是开玩笑地说:'辛丽华什么都没买吗?嗨!真没用,连衣服都不会买。'你知道我当时什么感觉吗?我恨不得一头撞死在地上,原来行长叫我上车的目的在这里呀,原来……后来我一直很难受,不是难受我失去了买一两件好衣服的机会,我并不看重这个,在宝城买的衣服,我一样穿得很开心,我只是觉得自己好笨,实在是太笨了,我白白跟着他们跑了一趟,白白浪费了一天多时间,白白浪费了行长对我的一片好意,还有……哎,到底还有什么,我也讲不清楚,我只知道我现在的心情糟透了。"

我终于来了点精神,安慰她:"你又没跟他们出来混过,哪里知道这里面的诀窍,司机当然知道了,要不人家都把司机叫作领导助理?下次就好了,下次有人叫你出来,绝不手软。"

"不会再有机会了,回宾馆的路上,行长一直没说话,跟谁都没有说话,吃晚饭时也没看到他人,行长夫人倒是跟我们在一起,但她看都不朝我看一眼,我想他们都在觉得我多余,都在后悔带我出来,我自己也觉得跟他们在一起有点格格不入。"

"是你自己心里不舒服,所以才那样想别人吧。"

"不是的,行长夫人跟司机有说有笑,但一听到我的声音,她就不响了。"

"她是不是在吃醋?你喜欢你们行长,她肯定有感觉的。"

辛丽华犹豫了一下:"不可能吧?我又没有在行长面前卖弄风情,我怕他还来不及呢。再说,我这个人,你知道的,也无甚风情可以卖弄。"

"你不是很崇拜你们行长吗?肯定无意间流露过什么,女人可是很敏感的,谁是她的潜在敌人,她不用看,用鼻子都能闻出来。"

"瞎说,绝对不可能,我已经是有主的人了。"

这可是个大新闻,我忙问那人是谁,她支吾着不肯说,甜蜜和满足却是显而易见的。

迫于我的苦苦追问,她终于松口了:"这个人你应该知道,只是没有见过他。"

我迅速搜索起来,无奈我对她的生活实在所知不多,除了当年陪她去找过的那个吕长乐。"不会是吕长乐吧?"我随口说。

她在那边惊呼一声:"天哪!你怎么猜到的?难道你觉得我应该跟他在一起吗?"

这下轮到我抽风般连声惊呼了:"天哪天哪!他会不会大你太多啊!真是难以置信,原来你也会当第三者!你们打算怎办?他应该不大可能离婚吧?难道你要做他一辈子的影子情人?"

"唉,谁能想到会弄成这样,他也常常感叹:没想到当年我遇到的那个蹒跚学步的小女孩,长大后竟会变成我的恋人!小蚂蚁你说,这是不是命?"

眉心一阵酥麻,估计身上鸡皮疙瘩已经冒起一层了,"狗屁"两个字差点被我脱口而出,但我拼命忍住,提醒她:"小心点,别被吕长乐的老婆泼了硫酸,听说有些女人常年配备着这类武器。"

"绝对不会,他说他跟他老婆早就不是夫妻,而是亲人了,她只要他的钱,只要他每个月的工资一分不少地交给她,她就心满意足,什么也不问,他说她倒不希望他回家吃饭呢,她就喜欢捧着一碗泡饭就着榨菜坐在沙发上看电视,他一回去,她就没这个享受了。"

"每一分钱都上交给她?那他拿什么给你呢?"

"你这是什么话?"辛丽华陡地提高音量,"你以为我跟他在一起,是图他的钱吗?告诉你,我从没花过他一分钱,包括以前租的那间房子,都是我出的钱,我什么都不图,就图他对我好,长到这么大,谁像他那样对我好过?连我的父母都没有,他们除了生下我,什么都不能给我,而吕长乐却给了我一切。"

我本能地想起那个捏我手的男人,厌恶地说:"你最好清醒一点,居然敢拿这种人比自己的父母!明摆着他对你好是有条件的,你不知道吗?"

"才不是,是我慢慢爱上他的,他开始还说不忍心呢。"

我冷笑一声:"你到底是爱他,还是报恩?我可告诉你,青春短得很,一晃就过去了。"

"我不在乎,难道跟他在一起,我的青春就不是青春,而是什么别的东西?"

这反驳太有力了,我一下不知道说什么才好。

我问她明天是否还在省城,我想看看现在的辛丽华,跟男人同居后的辛丽华还是不是以前那副模样,她以前可不是什么美人,充其量算是个秀气的女孩子,加上她有点冲头冲脑的,又留着一头短发,乍一看,十足一个轻飘飘的小男孩。我还以为那些男人只喜欢风骚性感的大美女呢。

"我不知道,我刚才问了司机,他也说不知道,但他说,行长曾经有过半夜里突然退房回家的记录。虽然我在办公室工作,天天都能看见领导们,但我还是捉摸不透他们,我发现,人一当上领导,就变得神秘了,就连跟他们常年混在一起的司机,表情都是深奥莫测的。"

我笑起来:"你现在不也跟领导混在一起了吗?白天跟银行的领导在一起,晚上跟人事局的领导在一起,你现在的表情应该也跟以前不同了吧,再过几年,恐怕你熏也被他们熏成领导了。"

她哈哈大笑:"我不行,换成是你倒有可能。对了,吕长乐没在人事局了,刚把我弄进银行,他就调走了,所以他说他进人事局最大的使命就是把我从棉纺厂挖出来,直接扔进银行大楼里。"

这天晚上我几乎通宵未眠,我不知道自己在想些什么,总之,我感到愤愤不平,除此以外,我还隐约感到,一个似是而非的机会在向我招手,也许我可以从辛丽华那家银行里弄到一笔贷款,这样我就可以扔掉这个从食堂脱生出来的餐馆,扔掉那只总想捉住我的手,到外面去开一间彻彻底底属于自己的餐馆。

第二天一早,我就给辛丽华打了电话,我想跟她见一面,顺便请她和她的行长吃顿饭,聊聊我昨夜的想法。

电话没人接,又打到总台,小姐告诉我,客人退房了,早上六点多就退房走人了。

我决定去一趟宝城。

辛丽华无意中提醒了我,那个酒楼的女老板,她一定尝到过更大的甜头,否则,她才不会平白无故给那个行长送十几万的东西呢。既然行长能让辛丽华分沾他的利益,想必辛丽华也算是他的人,替我引荐一下应该没有问题。如果他肯给我贷款,我也可以送他东西,几万、十几万,都没有问题,视贷款数额而定。

正琢磨几时动身呢,辛丽华的电话打来了,刚一接通,就听见她在里面抽抽搭搭地哭。

"他突然走了,放在我这里的东西都收走了,连一个打火机都没留下,一张纸头都没留下。我去他单位找他,他好冷淡,完全是公事公办的面孔。"

"谁呀?"我预感到什么,但我没敢说出口。

"还有谁?吕长乐呀。"

"他是不是要提拔了,或者是有人举报他什么了?"

"没有,我正面侧面都打听过了,没有任何动静。"

"那就是被他家里发现了,他不想把事情闹大,只好息事宁人,改邪归正。"

"不可能,他女儿大学要毕业了,想留在母校复习,考研究生,他老婆去照顾他女儿去了。"

想了想,我说出了最后一种可能:"要不就是你的情敌出现了,而且是个很厉害的对手,她一出现,他就迫不及待地想要甩掉你。"

"不可能!"她似乎被我的猜测吓坏了,好一会才说,"如果真是那样,我该怎么办?"

"没有任何办法,一个男人,除非他想娶你,否则你们随时可能断掉。"

她突然噼里啪啦向我开起炮来:"凭什么?我比他年轻这么多,我单身,未婚,长得也不丑,我配他绰绰有余,我都还没有嫌弃他呢,他凭什么朝三暮四?他有什么资格甩掉我?"

"这得问他。"

她又哭了起来:"我都做好准备跟他一辈子了,我甚至想过,等他死了,我就一个人去养老院。"

"你真的打算为了他独身一辈子?"

"我从没想过这辈子还会跟第二个男人生活。"

"行了,别说傻话了。就当是断奶吧,狠狠哭几次就好了。不过,吃一堑,要长一智才好,再也不要跟这种人打交道了,好好找个门当户对地把自己嫁了吧。"

她又开始大哭,哭得稀里哗啦。我听厌了,找个由头挂了电话。

看来,去宝城的计划要推迟了,至少要等到辛丽华度过失恋初期,稍稍振作些才行。

再一想,我觉得不需要辛丽华的引荐也可以,她可不是什么聪明人,没准她夹在中间只会坏事。

我直觉那个行长那里是有机可乘的,比如他居然当着下属的面接受别人的贿赂,这也太不检点了。他越不检点,我越有机会。

我是晚上到达宝城的,我直接来到辛丽华的银行大楼,她说过,整个大楼,到了晚上还灯火通明的,除了她的办公室,就是各楼层的走廊了,基本上,只要她不外出,都会待在办公室里。我能理解,她做的是文秘,文秘的很多工作都得在夜深人静时才好做。但她自己的解释却叫人哑然失笑。"办公室里有空调,有电脑,有电话,饿了还可以叫外卖,记在账上由出纳一次结清,我恨不得拿办公室当自己的家算了。"我告诉她,这种想法最好不要说给同事听,她却说,我不说他们也知道。

文秘办公室门开着,里面空荡荡的,桌上摊着大摞大摞的材料,材料旁边是一块没吃完的快要枯掉的面包。我喊了声辛丽华,没人应,心想,可能在卫生间里,就决定坐下来等她。

刚刚放好行李,就见办公桌后面慢慢长出一颗人头来,有点像辛丽华,又不大像。我愣在那里。她先开口了:"你怎么来了?"

原来她躺在办公桌后面的小沙发上睡觉。电话被她从桌上移了下来,放在靠枕边,看来她是躺在这里打电话的。

"你怎么瘦得这么厉害?差点就认不出你来了。"我惊呼着上去摸她的手,她的脸,她本来就不胖,这下更是皮包骨了。摸到脸时,我的手马上被打湿了,她在淌眼泪,淌得那个凶啊,吓得我都不敢吭声了。

"小蚂蚁,我快要死了,我不想活了。"她的眼泪把声音都泡湿了。她想坐起来,但她似乎移不动自己的身体,我帮了她一把,把她扶到椅子上坐正。

"什么意思?你生病了吗?"其实我知道不可能是生病,生病的人才不会说不想活呢。

"他不理我,我怎么求他,他都不理我,我要死给他看,我要他到我身边来,看着我断气。"

我气得打了她一下。"就他?也值得你这样?"

她居然点头,我真是哭笑不得。"我是认真的,我发誓。"

"你真以为你们会一直好下去?"

"他也答应过我,他说他要提前退休,然后跟我去一个谁也不认识的地方,隐姓埋名,享受生活。"她居然失声痛哭起来。

我一点都不替她担心,被男人甩,可能是每个女人的必经之路,谁都要过这一关,我庆幸我已经走过那一段了。我给自己倒了杯水,一边润喉,一边等她把这场痛哭爆发完。

平静下来后,我问她:"他的理由是什么?他不会没有理由吧。"

"他说我是个大嘴巴。"

"你泄漏了你们同居的秘密?"

她拼命摇头。"我怎么会这么傻呢?我只是把那天在省城的事情都告诉他了,就是我跟你说过的那些。哪知他听了非常生气,觉得我不该把那天的事情到处说,因为这对行长不利。我说我不会到处去说,我只跟你说过,还跟我一个朋友说过。他一听,气得脸都红了,说我这等于已经昭告全天下了。"

"他说得对,你不该把那天的事情到处说的。"

她气愤地捶了下桌子:"你们真是好笑!行长也没跟我说,那天的事情不能说出去呀。他要是这样交代过,我当然不会说出去。"

"你这傻瓜,那还用交代吗?他是拿你当自己人,才会给你个机会让你去窥视窥视他的腐化生活,自己人能到处说自己人在搞腐化吗?这点道理你想不通吗?你再想想,他的司机看了多少,他要是跟你一样,看一样说一样,那开车的早就不是他了。

承他看得起你,可能还有那么一点点喜欢你,中途发善心把你捡上车,成心让你去吃个白食,占点小便宜,你倒好,便宜不会占,还把那点事到处嚷嚷。辛丽华,不是我说你,你这个人真没头脑,真没水平,好好的事情都会被你搞砸。"

她好像有所触动,呆了一会,又说:"我又不是随便逮到哪个就说,一个是他,一个是你,对你们两个,我也要保守秘密吗?我不应该对自己的爱人、最好的朋友坦诚相待吗?"

"他有没有跟你说过,不能把你们俩的事告诉任何人?"

"说过,我也是这么做的,直到今天,我家里人都不知道。"

"可你却告诉我了。"

她急了:"你是谁呀,一直以来,我对你不都是想说什么就说什么的嘛,你也不会把我说的话讲出去。我跟吕长乐的事你告诉过别人吗?"

"我当然没有说出去,因为我的生活中,没有人要听吕长乐和辛丽华的事情。但吕长乐的想法不一样啊,他乐意让我知道你们俩的事吗?肯定不乐意,还有,他认为你既能随便讲行长的周末,肯定也能随便讲他吕长乐的夜晚。事实证明,你的确讲了,所以他有点怕你这个大嘴巴了。"

她不吱声了,两手撑着脑袋怏怏地趴在桌子上。我给她倒来一杯水,问她吃过晚饭没有,她说她已经不记得上顿饭是什么时候吃的了。我觉得劝慰对她来说已经无济于事,就决定想点别的办法。

"好吧,也许你没错,因为理论上讲,对自己的恋人的确应该放下戒备,坦诚相待,也许这只是吕长乐的借口,我猜他真实的想法是,他需要新的刺激。"

"瞎说,吕长乐不是那样的人。再说,我们偷偷摸摸在一起,本来就够刺激的。"

"那是你的感觉,也许对他而言这份刺激已经太久了,已经不刺激了。"

她抬起一双因为消瘦显得又大又亮的眼睛,直勾勾地盯着我,良久,她移开了视线。看来她有点认同我的说法了。

为了转移她的注意力,让她尽快从失恋的泥淖中爬出来,我索性一口气把我结婚离婚的事讲了出来。

这下把她给镇住了,她边听边流眼泪,一步步走到我身边,递给我纸巾,给我倒水。我的目的达到了,她活过来了。

"忘记他吧,你这么年轻,这么能干,你的日子会越过越好,总有一天,他会后悔死的。"她安慰我。

"这也正是我想对你说的,你的灿烂之日,必将是吕长乐枯萎之日。"

两个人互相安慰够了,我才说出我来宝城的目的。我要她把行长约出来,或者,她没有这个心情的话,把行长的电话告诉我也可以。

"你认为,只要你跟他见面,他就一定能给你贷款吗?"

"我已经做好了心理准备,我要不惜一切手段达到目的。"

"你是说,你想把他勾上床?"

"视情况而定。"我坦率地望着她。

接下来,辛丽华的反应真是吓了我一跳。

她慢慢从沙发上站起来,刚刚还搭在我肩上的手在身体一侧捏成拳头,平举起来,食指用力指着门口。"你还是走吧!我不允许你玷污我们的行长,你看错了,他根本不是你想象的那种人,别以为你掌握了他什么弱点,那天他能把我带去省城,正好说明他是个坦荡的人,他不在乎被人看见别人向他行贿,因为贿赂打不倒他,别人要怎么做那是别人的事,他内心有自己的原则,他不会因为任何事情放弃他的原则。"

我从没见过她那种表情,两只眼珠仿佛是两个滴溜溜的墨水冰块,发着阵阵寒气。

我尽量拿出开玩笑的语气来:"你怎么知道他不是这种人呢?没准他很乐意见到我呢。"

"马小宇,你真无耻,我们可以不幸,但不要无耻,好吗?"

我望着她,再也开不起玩笑来了。

临走前,我指着她的鼻子说:"辛丽华,你记住,你得罪我了。银行不止你们这一家,行长也不止他一个,我要让你好好瞧瞧,我是不达目的绝不罢休的人。"

"等你四处碰壁碰得眼冒金星的时候,你就知道,银行不做无耻的交易,银行是个堂堂正正的地方。"

"是吗?我倒要看看,你在这个堂堂正正的地方能生活得多好。"

回来后,我开始认真琢磨银行的事,就算是在辛丽华那里争口气,我也要拿到贷款。我越琢磨,就越着迷,我坚信,有了贷款,我的人生一定会是另一幅景象。

我花了很长时间琢磨那几家银行,打听他们的贷款经理,以及他们的人品、工作作风。然后,我又去找一个同学商量,他是我们那批同学中最有出息的一个,他已经混成某单位的财务经理了。

他想了想,两手交叉抵住下巴,望着我说:"你这事,要是我来办的话,非常容易。"

我一听,喜出望外,连声说:"就是想请你办呀,全权托付给你,怎么样?"

"怎么托付呢?"他依旧用那种姿势望着我。

我马上反应过来,我不能空口无凭地托付他,他也不能白白替我效劳,所以我说:"虽然我们是同学,但一码归一码,就按常规来吧。"其实我到这时对所谓的常规还一无所知。

他笑了,放下下巴底下的手:"怎么说也是同学,不能按外面那套来,这样吧,我们也不依什么常规,常规是百分之二十,我给你打个对折,你给我百分之十就可以了。"

不到一个月,贷款就办下来了,这之前,我已多方考察,决定不再经营传统餐馆,改为快餐型简餐厅,一来经营成本低,二来资金周转快。这也是我那个同学的主意,毕竟是同学,不好拿了钱就消失不见,自从帮我办了贷款后,对我的事情就开始关注起来。

地段也是同学帮我参考的,在闹市区。"别看这里地租高,但回收也快呀,你是想快点赚,还是想不慌不忙地悠着来。"我当然要选择前者,我还恨不得一夜暴富呢。

我的第一家简餐厅只有二十来平方米,颜色明快,活泼亮丽。我给它取名叫华悦。

很快我就发现,这一行真的很好做,顾客其实是没头苍蝇,哪里鲜亮甜蜜,哪里温暖可心,他们就往哪里钻,如果发现吃得还算舒服,多半还会来下一次。谁都不想拿自己的味觉和钱包去冒险。

华悦以我不曾料想的速度生长着,我不得不扩大招聘,同时钻研产品,争取每个月都有新品推出。

自然,从贷款那日起,我就跟银行联系上了。虽然华悦离银行有点远,但我一直坚持给信贷部门那几个员工送免费工作午餐,开始他们有点不好意思,后来就开始大大方方地点餐了。我很高兴他们能有这个转变,总不能下次贷款的时候,我还要仰仗同学吧,我得学会跟银行打交道。

一年以后,我再次向银行提出流动资金贷款申请,数额不是太大,再加上华悦长势喜人,他们同意了。

我并没有把这钱投入营运,而是用它另外开了一家分店。

有了两家店以后,我申请贷款就容易多了,数额也变大了。我用两家店做抵押,贷款买了一套二手房,这下,我跟孩子总算有家有业了。

而且我发现,生意正在成为我的身价,以前,只有一家华悦的时候,我通常都是跟那些信贷员们联系,等我有了两家华悦后,信贷经理慢慢成了我的朋友,而我的目光,却悄悄越过信贷经理的肩头,打量起了他们的刘行长。

我常常会想起辛丽华跟我讲起过的在新世界购物的那段经历,还有跟行长打交道的那家酒楼女老板,我离她还有一段距离,我相信,跟她比起来,我的华悦只不过是一碗还算体面的盒饭。要想赶上她,必须得有那样的行长朋友。

这年冬天,我几经周折,花重金从一个音乐学院教师手上买下了一把德国产的手工小提琴,据说那琴还是二战以前的产品。我用这琴敲开了刘行长办公室的门。我已打听清楚,刘行长的女儿自五岁起,一直在学习小提琴。

刘行长果然很惊讶,很高兴,拿着那琴上上下下地看。

这样的认识注定跟一般的认识有所不同,它几乎可以称之为结识,第一次见面那天,我们几乎没有谈到贷款,我们一直在谈艺术,谈子女,甚至谈人生,只在见面快要结束时,他才问起我的华悦,我说它很好,它们两兄弟都很好。他轻轻一笑:"不要这么容易满足嘛,就没想过把它变成大连锁?"

我故作惊讶,然后又故作深受启发。行了,这天的拜访到此为止,一切都留待下一次。

一个星期以后,我再次来到刘行长办公室,我没去考虑他所说的大连锁计划,那太不切实际了,我也没提贷款,那已经是不言而喻的小细节,我想请他帮忙的是,帮我租下银行大楼对面的某个店面,那里现在是一家KTV。这里接近闹市,又有充足的停车位,而且没来由地人气旺,我想在这里开一家华悦的旗舰店。我不能总是跟卖盒饭似的,虽然店面好看,但究其实质,我的所谓套餐,说到底就是盒饭。这不是我的目标,经营华悦这几年,我渐渐培养起了目标意识,我想开一家我心目中的餐厅,温暖而优雅,尽现中餐之美。

我拿出我的经营计划书,详尽介绍店内的一切细节,刘行长看了,几乎是不加考虑地答应下来。"我早就觉得那个KTV在对面吼得人心烦。"

在刘行长的鼎力协助下,华悦的旗舰店很快就开张了。这时,我已渐渐悟出门道来,不要尽想着一个人赚钱,有钱大家一起赚,钱才会越赚越多,我请刘行长兼任华悦的形象监督师,他竟然也接受了,有了这个名分,以后我想贿赂他,也就不需要理由了。

分店开到三家的时候,我的精力已经有点顾不过来了,刘行长又给我出主意,要我把主要精力放在旗舰店里,把另外两个店面租出去,这样一来,我再也不用起早贪黑地劳神费力了,到了日子,我只需检查一下账面上的情况,就可以知道哪家店发展得好,哪个经理值得让他继续租赁经营,一旦出现异动,马上采取果断措施。

偶有闲暇,我真想给辛丽华打个电话,让她看看没有她替我引荐那个行长,我照样能打进银行内部,照样能利用银行帮我赚钱,但想了又想,我没打这个电话,我干吗跟辛丽华较真?她算什么?她既不是我事业的阻力,更不是助力,她什么也不是,只是一个跟我不相干的同学而已。有这精力,不如用在华悦身上。

没想到辛丽华自己找上来了。我让她在长途汽车站等我,我开车去接她。

她根本不知道我的华悦现在成了什么样子,因为她还像那年我拜托过她的那样,帮我拎了一大袋干辣椒花椒之类的,她大概以为我还是那种起早贪黑的小餐馆老板,天不亮就忙着去囤货,半夜里还在打着哈欠为客人准备夜宵。

她一开口,还是那副直率而天真的语气:"咦,这是什么牌子的车?我从没见过这个标志。"

我告诉她是宝马,她眼里闪过一丝惊讶,但很快归于冷静。我扫了一眼后视镜,她的表情告诉我,她在告诫自己,从此谨慎些,别再乱开腔。

我问她晚餐是在家里吃,还是到我店里去吃。她想了想说:"就到店里去吃吧,省得你动手烧。"

"没关系,我在家里也从不烧饭的。"

"也是,开餐馆的人,家里哪用得着开伙。"

"不是,我不大吃店里的东西,我家里有阿姨帮我烧。"

她彻底闭嘴了。

我把她带进了旗舰店,我们分坐在桌子两端,她直身端坐,等餐的时候,她眼睛直盯着餐具,对身外的一切漠不关心,但我注意到,趁我不注意,她的眼睛就跟上了滚珠似的,滴溜溜转过来转过去,恨不得把整个餐厅都刻进她脑子里。

"要是给我们的老师看到我们现在的样子,肯定百思不得其解,一样是他教出来的学生,差距怎么就这么大呢?"

"哪来的差距呀,你是国家的银行职员,我只不过是个开餐馆的。再说,连你都认为我是个无耻的人。"我永远忘不了她那年是怎么骂我的:我们可以不幸,但不能无耻。

她稍稍露出点不好意思的神情:"我这个人真的很失败,到处得罪人,还尽得罪些不该得罪的人,当年因为行长得罪了你,现在又因为别人得罪了行长。"

"你能得罪行长?那你肯定不是普通员工了吧?快说说你这些年都干了些什么,升到什么程度。"

"你也许不相信,我一直在办公室里干文秘,办公室主任换了好几茬,我这个文秘却从来没有动过。"

"你居然敢得罪行长?你可真牛。"我真正想说的是,一个小小的文秘,再有本事,也不至于得罪行长,得罪办公室主任还差不多。

"我这几年虽然只是文秘,但我自己觉得干得挺开心,我的本职工作做得很出色,这一点在全系统都是有名的,连我们行长都悄悄跟我许诺,等他调到分行后,要把我也调上去,继续给他当笔杆子。行长要升迁的事已成了公开的秘密,他要调到分行去当副行长了,很有可能,副行长还只是个过渡,因为传说分行一把手要调往省分行。但越往后,这事的进度越慢。按说,上面的人下来分头谈话后不久,就要开始离任稽核了,可稽核部门的人迟迟不见下来,第二轮分头谈话却开始了。这一次,气氛有点紧张,几乎每个中层干部都被叫到那间密室去过,出来后,谁都不许向第二个人透露谈话内容。我也被叫进去了,他们先问我是哪一年进行的,是谁把我引荐过来的,我前后都做过些什么岗位,又问我对我们行长印象如何,我都一一流利作答。稍事停顿后,他们突然向我抛出一个毫无准备的问题。'某年某月某日,你跟随行长夫妇去过一趟省城,你们去省城的目的是什么?遇见了什么人?发生了什么事?请如实回答。'我很紧张,却装出努力回忆的样子,我当然记得那天在省城发生的一切,我甚至记得那天吃下去的饭菜是什么味道,但我在想,他们问我这话是什么意思呢?我决定先试探试探,我说我好像记不得了,时间太长了。他们交换了一下眼神,说:'提示你一下,你们去了新世界购物中心,你还记得你们每个人都买了什么东西吗?'我点头,表示记起了新世界购物中心,他们紧追着问:'行长给你买了什么东西?'原来是问这个呀,我赶紧摇头:'他什么也没给我买,我那天什么东西都没买,我是空手出来的。'

"'你什么都没买?不对吧,听说你们每个人都买了名贵的皮裘。'

"'没有没有……反正我什么都没买,那里面的东西太贵了,我根本买不起,我是空手进去,空手出来的。'

"'那他呢?他们买了什么没有?'

"'我不知道。'我已经觉察到这番谈话大概是什么目的了,我想我不能对不起行长,不能对不起任何人。

"'你们一起进去一起出来,又一起坐车回宝城,你居然不知道他们买了些什么东西?我再重申一遍,今天的谈话很重要,你一定要尊重事实,实话实说,这样做既是对自己负责,也是对别人负责,千万不要自作聪明,弄巧成拙。

"他们这样一说,我更懵了,不知道该怎么说了。他们没给我太多时间思考,接着又问起了别的。'你们在省城还碰见了谁?'

"'没有谁。'

"'那你们一共几个人进的新世界?'

"'我,行长夫妇,司机。'

"'我们已经问过司机了,他怎么说还有个好望角酒楼的老板娘呢?'

"我一惊,赶紧点头:'是,是有这么个人。'

"'刚才为什么不说?'

"'我以为你们只问行里的人。'

"'她在新世界买了什么东西?'

"'她……买了几件皮袄,还有皮包什么的。'

"'都是给她自己买的吗?'

"原来这次谈话的重点在这里,所以我点了点头。'是她付的款,当然是给她自己买的。'我觉得自己的逻辑好像还蛮在理。

"'这里有一份司机的问答笔录,他的说法跟你的说法不一样,他说那些东西是老板娘拿银行卡买的单,但东西却全都给你们了,她自己什么都没拿。这么说,你也拿了皮袄?是一件什么样的皮袄?值多少钱?'

"这下我可慌了,岂能蒙受这种不白之冤?于是忙不迭地摇头:'没有,我真的什么也没买。那天大家都在挑衣服,我一看标签,太贵了,就什么也没敢挑,到了收银台,我才知道,我们这些人挑的衣服,统统都是老板娘买单。我记得我当时还很后悔呢,早知如此,我不如狠下心来挑一件,反正不要钱。'

"几个人一起睁大眼睛望着我,另一个人埋头记录,我马上感到,我说错话了,我不该这么说的,这等于否定了我前两次的掩护,等于出卖了他们,那一刻,我恨不得咬碎自己的舌头。

"然后,他们又问了些不轻不重的问题,让我在讯问笔录上签了字,就把我放出来了,出门前,他们再三叮嘱我,千万不要把刚才的问话说出去,否则,是要追究责任的。

"过了几天,我无意中碰到司机小邓,就悄悄问他:'他们也问了你新世界那天的事,对吧?你怎么回答的?'

"'哪个新世界?'小邓的反应让我有点蒙,是他忘了那天的事,还是那些人在诈我?

"'就是那年,好望角老板娘在新世界给他们买皮衣的事呀。'

"他扔掉烟蒂,一脚踩上去。'不管他们问我什么事,我一概不知道,我一个开车的,知道什么!领导办事的时候,我又没跟着,我在车里睡觉。'

"'可是,他们都把你的回答笔录念给我听了。'

"'狗屁!根本没有人来问过我,我也不会让他们把我叫去问,我有那么傻吗?等他们来把我叫去问话?他们没这个资格,我也没有回答他们的兴趣。'"

辛丽华说到这里,戛然而止,两眼望着某个地方直发愣。

"然后呢?行长知道你出卖他了?"如果她是这样得罪行长的,我倒有点相信。

她点了点头。"他原来是要调到分行去的,这么一折腾,去不成了,留在原地继续任职。"

"那你岂不是惨了?"

"事情过去没多久,有一天,我去给行长送文件,他叫住我,说你记性真好啊,这么多年过去了,新世界那几件皮褛还记得,我自己都不记得了,那衣服都不知叫我给扔哪去了。还有一次,有个客户过来做例行拜访,走时顺便给了他几盒茶叶,客人刚走,他就当着大家的面拆了茶叶罐,往我面前一杵:'这个老刘,我还以为他在茶叶罐里藏了钱藏了金条呢,原来全是茶叶呀.'他说,这些茶叶就放在接待室用好了,还说什么辛丽华你记性好,你给我记好了,这茶叶我交公了,这就不能算我收受贿赂了。他时不时就来这么一下,提醒我出卖过他的事,你说我会是个什么心情?我一看到他,腿肚子就抽筋,就想转身跑,但我是在那里工作的人,我能跑到哪里去?刚好这段时间,上面有精神,员工可以买断工龄,我就报了名,他们很快就批了。"

"干吗买断呀,这事儿你跟吕长乐讲过吗?他在这方面经验丰富,让他给你出出主意呗。"

"自从那年我们分开后,我就再也没去找过他,有一次我们在某个地方碰到,虽然说了话,但我觉得还不如不说,还不如装着没看见,因为他非常客气,从里到外都很客气,客气得我什么话也说不出。我跟他之间,算是彻底断气了。"

我问她买断工龄得了多少钱,她说有四万多,我说赶紧拿这些钱去买个房子,不够再贷点款。她低头不语。

原来她竟没拿到钱。买断工龄前半年,因为害怕见到行长,她闹着要离开办公室,去柜台上工作。闹了几次,领导同意了,安排她在一家储蓄所上班,有一阵子,当地大卖福利彩票,每天有上万人去那里买彩票,储蓄所的人下了班后,全体出动上门收福彩款,有天晚上,盘点下来,辛丽华负责的那个销售点账款不符,再三盘点,还是短款三万多块,没办法,只好赔钱。辛丽华一下子拿不出这么多钱来,就立了个账户,每个月从她工资里扣。

这回正好,买断工龄时,人家直接扣了余款,再才把剩下的钱付给她,但已所剩无几。

看着她那张风尘仆仆的小脸,我在想,这个人怎么就这么倒霉呢?从她毕业分配开始,我觉得她就没有顺心过,多少同学守着一个待遇好地位高的单位,从没挪过窝,现在已经是个单位数得出的人物了。她呢,打一枪换个地方,换了三个地方,处处都以黯然收场告终。

她好像也在思考这个问题。"小蚂蚁你说,我是不是不适合在单位里干,不适合跟人打交道啊?"

"那你适合干什么?去动物园?动物园里也不是光跟动物打交道啊,你还是得跟人打交道。"

终于说起了我的餐馆,我告诉她我现在有一家总店三家分店,反倒闲下来了,忙的是各店的经理。

"你是说,你有……四家店?"她一脸疑惑地朝我伸出四个手指头,好像我们不是在安静的餐厅,而是在机声轰鸣的车间。

"是的,算上总店,我有四家餐馆,它们都叫华悦。"

她看着我,眼睛眨呀眨的,那表情让我直想笑。

然后她就不怎么说话了,我低声向她推荐这里的招牌菜,告诉她我们的菜品有何来历,准备创下什么样的风格,以及未来的打算。听着听着,她突然呛住了,大声咳嗽起来,一边咳一边弯下身去,我看见她耳轮都争红了,就扶她去了卫生间。

好不容易止了咳,她却趴在水池边上,久久不肯抬头。

我让服务员送来一个热毛巾,从背后递给她,她接过去,久久捂在脸上,等她终于放下毛巾时,她蓦地转过身来,对我绽开一个大大的笑脸。

"真丢人哪,饭都不会吃,差点呛死了。"

再次回到餐桌上时,她不再听我说餐馆的事了,她开始谈宝城的事,宝城这几年发展如何厉害,街道拓成了多宽,县政府搬迁到了哪里,每年春天还办一次桃花节,第一年办桃花节还请来好几个大歌星。她讲得很振奋,一副热爱宝城的样子,却常常不知所措地停顿下来,好像突然忘了下一句该说什么。

吃完饭,我问她要不要在城里兜一兜,其实,我是想顺便让她见识一下我那几家店,但她似乎兴趣不高。

我径直把她拖进我的家,中外环之间的别墅。她运气好,这别墅我去年刚装修过,是一个朋友给我推荐的设计师,巧的是,这个设计师正好要参加一个比赛,于是就拿我的家作为他的参赛作品,也就是说,我家的装修跟一般家庭的装修稍微有点不一样,因为它是一个作品,多了点艺术创作味道,少了点家常气。

进门时,我感觉她犹豫了一下。

我要她把行李拿到房间来,她站在厅里支吾了两声,突然慌慌张张地说:"我想起来了,我不能住你这里,我得去找家旅馆,因为我不是一个人来的,还有人在别处办事,她说好跟我住一个标间的。她要我先去找好旅馆等她。你看我,一顿饭居然给吃忘了。"

她的语气不容置疑,恨不得马上就走。

"那好吧,稍坐一会,我等会送你去旅馆。"

她总算坐了下来,

"你现在是十足的富人了。"她的语气听上去很不情愿。

"远远不是,我只是喜欢把赚来的钱用在享受生活上而已,真正的富人不是这样的,真正的富人总是装得像个穷人。"

"这么大的规模,有贷款吗?"

"当然有。"我愉快地说,可算回到我的轨道上来了,我可从没忘记我去宝城那天,她是怎么指着我的鼻子骂我的,"真正做事的人,谁不贷款?不贷款,银行吃什么?国家收什么?所以说,不贷款的人才是无耻呢。"终于把她当年骂我的话又骂了回去。

她竟然挺住了,看上去波澜不惊,就像压根儿就不记得她当年那么骂过我似的。"那么,你跟银行的关系现在应该不错吧。"

"还可以吧,每年五月份,他们都会给我寄请柬,请我去参加什么银企联谊会之类的。"想了想,又加了一句,"另外还有几个挺不错的朋友。"

"那,应该不是行长,就是信贷经理之类的吧?"她一脸内行地问。

"到底是老银行,骗不过你。"

她听了,没说什么,轻轻垂下眼皮。

接近十点了,我问她是不是别去旅馆了,干脆把她那个朋友也叫过来,一起住我家里算了。她猛地惊醒过来,站起身,坚决要走。

我问她想住在哪一块,她想了想说:"无所谓,你熟悉些,随便给我找一家,不要太贵,我们可都是自费的。"

终于帮她找好旅馆,她拿了行李,也不让我送她进去,赶着跟我告别。

难道那个朋友是男人?这才想起来,我居然没问她结了婚没有,又一想,她年纪也不小了,应该早就结婚了。

到家收拾了一会,又看了会电脑,正准备睡觉,电话响了,是辛丽华在旅馆打来的。

"原谅我只能在电话里跟你说这事,当着你的面我实在说不出口。"

"有什么说不出口的,我们可是老同学啊。"

"首先我要跟你道歉,你别以为我忘记了,当年你要去找我们行长,我还骂你无耻,我那时也是口不择言。谁能想到我会落到今天这步田地?今天,我就斗胆再跟你提一个无耻的要求吧,我知道你跟这里的银行很熟,我想请你帮个忙,看看我能不能在这里的银行找份工作。我的情况你知道的,既在柜台上干过,也在办公室干过,你能不能帮我推荐一下?"

这倒是我没想到的,原本是想在她面前示一下威,出口当年挨骂的恶气,没想到她竟瞧上我了,还想利用我一把。

一阵沉默过后,她在那头问:"有困难吗?"

"我试试看吧,真的只能试试看,我不知道银行招人是个什么程序,再说,我跟人家也就是个业务关系。"

"谢谢你,真的,非常感谢,你知道吗?今天根本没有什么人跟我一起来。"她的声音突然变了,"如果你的情况跟我不相上下,我就留在你家里了,但你……太出乎我的意料了,太让我自卑了,我怎么这么失败?跟你一比,我连活下去的勇气都没有了。"

这个意外让我马上心情好转,诚心诚意地安慰她,暂时的困难啦,有起有落啦,然后我突然想起刚才的疑问,就问她,她爱人同不同意她在省城找工作。

"我还是一个人,谈了几个,总是定不下来,你知道,宝城很小,就那么几个人……我这辈子算完了,不提了,现在的当务之急是把工作落实,工作问题不解决好,怎么敢谈别的事?"

这话似曾相识,当年,她搬我这个救兵去宝城时,好像也说过类似的话,工作不解决好,没心思谈别的,如今,十几年过去了,她竟还在说这样的话。

"都是吕长乐那个老家伙害的你,要不是他耽误你,你说不定早就结婚了,说不定早就当妈了。你们分开时,你多大?"

"算了,不怨他,他又没有强迫我。"

沉默了一会,我试探着问她:"银行真的有那么好吗?如果银行不行,你考不考虑其他地方?"

"首选当然是银行,毕竟,我在银行工作了六七年,有了点基础,到其他任何一个地方,我都得从零开始。我这个年纪,不能再从零开始了。"

我还是只能给她一个试试看的承诺。我凭直觉不可能,就算在省城,银行也是个不好进的地方,再说,我也不想过度消费刘行长,我留着他还有大用场呢。

第二天,正巧刘行长跟我联系,问我有没有时间,他要去北戴河开个会。

这些年一直如此,每当他去外地开会,都要想办法叫上我,他跟着他的团队走,我则一个人轻装简行,埋伏在他驻地附近,等他抽空过来找我。这一招很绝,从来没被人发现过。

我们结识没多久,就变成了那种交往,只是,我们不是即时性消费,而是掺杂着一些情意的。刘行长人不错,举止风度也不差,而且对我有过大帮助,我有很多理由维持住我们的"好朋友"关系。外表上看,他是个很冷淡很无趣的人,实际上,那是因为他很谨慎,而在我看来,他的谨慎,无疑就是他的责任心,既是对他自己负责,对他的家庭负责,也是对我负责,我们都不是没有理智的小年轻,我们都知道该怎样做人,做一个什么样的人。

这次我照例要去,就当是给华悦这棵大树浇水施肥,我也要抛开一切,毅然前往。

我根本没想在这种难得的时刻提起辛丽华的事,实在要提,等回去了,在电话里随便提一下也就算完成任务了。没想到辛丽华的电话打到了北戴河。我有点不耐烦,嚷嚷着这事又不是去农贸市场买东西,我得去求人,而且难度很大,成不成还两说呢。

"可我还在旅馆里等着呢。"她居然提高了音量,一副理直气壮的样子。

"你这人真是的,谁叫你等啦谁叫你等啦?我只说试试看,又没说马上就试,更没说一试就准能成,你赶快回去,我有消息了再通知你。"

气呼呼地挂掉电话后,行长问:"谁呀?发这么大火。"

我看了他一眼,决定先来个痛快的,把这个麻烦解决了再说,成与不成,马上给辛丽华一个回音,省得她在旅馆里哭天抹泪,浪费钱财。

"是我一个亲戚,她刚刚从老家的银行买断了,想来这边的银行找工作,跟我说了好几次了,但我没好意思麻烦你。"然后就把辛丽华的大致情况跟她说了一下。

"湖区她愿不愿去?我们正好要在湖区设一个办事处,因为太远,没人愿意去。"

这倒出乎我的意料之外,我以为他会一口回绝我的。没想到辛丽华还有这种好运气,再一想,其实辛丽华一直都不缺好运,虽然毕业分配时给分到了乡下,但她有吕长乐,很快给她弄到了棉纺厂,棉纺厂混不下去了,人家吕长乐再次出手,直接给她弄进了银行,银行又混不下去了,没想到我竟成了她的贵人,反而从县里的银行一步跨进了省里的银行,虽然远在湖区,离市中心有将近两个小时车程,但毕竟人员编制还是属于省行的。

赶紧给辛丽华打电话,告诉她这一消息。她在那边高兴得直跳。"再迟几分钟我就出门了,我已经听你的话把东西都收拾好,准备回去了。"

辛丽华进了湖区分理处后,我常常开车去看她,有时是一个人,有时带着女儿。现在我们成了同在一个城市的老同学,这样的关系可不多,我想跟洗钱一样,把我们过去所有的芥蒂都清洗掉,重新开始。

一望无际的湖泊,接天连地的荷叶,这样的景致让人心胸开阔。

我说:"这回可得好好干,虽是这里的新人,却是银行的老手,不能输给任何人。"

她也信心满满:"放心,不会给你丢脸的。"

"瞎说,跟我的脸有什么相干,是你自己的事业,别看我现在有几个店面,你只要干到分理处处长的位置,就把我比下去了。别摇头,我知道银行里那些事。"

我又提醒她:"恋爱的事也不能落下,再过几年,真的只能嫁老头子了。"

她突然一脸喜气地打了我一下:"莫非这里真的是我的福

地？一个客户最近老来献殷勤,大家都觉得他对我有意思。"

据她有限的资料和两人的交谈来看,那人是个开磷矿的小老板,比她小三岁,喜欢旅游,常年在外面跑来跑去。辛丽华尽管向往外面的世界,双脚却从未踏上过陌生的地面,听他说起那些旅途中的所见所闻,难免心往神驰,满脸迷醉。

不知怎么回事,我对热爱旅游的人并不看好,也许跟我的生活有关,我的生活太实际了,孩子、餐馆,它们把我捆得死死的,别说是短暂的缺席,偶尔漫不经心一下都不行。久而久之,我养成了结结实实过日子的习惯。我提醒她,现在开矿的人很多,虚实莫辨,最好多考察些日子再确定关系,她似乎没听清我的话,喜滋滋地说:"没想到我还能碰上个小老板。这下好了,我们又是一样的人了,别看你有四家店,未必赶得上他那个小磷矿。"

我给噎得说不出话来,可看到她一脸坦诚毫无城府的样子,又不得不原谅了她。

辛丽华已经完全陷进去了,她带着那人送她的核桃木镶象牙的手链,大夏天的,人人都穿着清凉的裙子,她却穿着板正的"骆驼牌"T恤,厚实的五分裤,笨重的户外高筒靴,看来那人的嘴上功夫了得,居然让这个长年捂在空调房里的人把自己打扮得像个驴友。

最后一次去湖区是在秋天,满湖的荷叶瑟瑟然卷缩凋零,辛丽华的心却仍然留在春天,她兴奋地告诉我,不出意外的话,她将跟他一起去黑龙江,去漠河,去中国最冷的地方过年,顺便结婚。

我一高兴,当即许诺,他们俩的来回路费算我的。

"真的吗?坐飞机也可以吗?"辛丽华高兴得像个孩子。

"只要你办得到,坐火箭都可以。"她也不小了,我由衷地替她高兴。

入冬没多久,有一天,刘行长给我打了个电话,原本常年手脚冰凉的我,顿时连心都凉了。

辛丽华出事了,现在正被银行的经警控制着,等事情查清楚之后,视情节轻重移交给相关部门。

没想到她居然这么大胆、这么愚蠢,她利用工作之便伪造了一张存单,然后让她的男朋友、那个开磷矿的家伙拿着那张假存单去别家银行办抵押贷款。办案的人问她,身为银行工作人员,难道你不知道人家会来我们银行核查存单的真实性?她答道:核查也是到我这里核查呀。似乎为她天衣无缝的设计自鸣得意。她没想到的是,那个过来核查真实性的家伙临时想要偷个懒,他不想去湖区分理处查,只想在计算机中心的电脑上查,那张子虚乌有的存单一下子就暴露了。

我在行长面前替她求情:"那家伙贷款成功了,你们才有损失,现在不是没有得逞吗?既然没有损失,能不能不要移交出去,内部处理一下算了?"

"定论不是看损失大小下的,而是视情节轻重,她这属于恶意诈骗,已经很恶劣了。"行长又说,"你这个亲戚年纪也不轻了,怎么跟刚出门的小姑娘似的,这么好骗,那个开磷矿的家伙已经跑了,据我们追查,他根本不是什么未婚青年,家里有老婆孩子,那磷矿也不是他的,他只是在里面打工而已。"

想想辛丽华以前犯的那些错误,也在情理之中啊,从没犯过什么高级错误的人,焉能识破一个精心设计好的骗局?

最终,这件事以辛丽华被开除收场。

得讯后,我赶紧给辛丽华打电话:"不要离开,我马上来接你。"下一步何去何从且不去说它,我觉得她现在最需要的是找个地方痛哭一场,我一定能给她找到这样的地方。

当我驱车赶到时,辛丽华已经不在办事处了,打她电话,无法接通,绕湖区转了两遍,也没找到她的人影。

事情过去三年多了,还是没有联系上辛丽华,我不知道她还在不在人世。

我拟了一条寻人启事,常年贴在华悦门口。寻人。女,三十七岁,身高一米六〇,大专文化,宝城口音,会普通话,偏瘦,肤色发黄,两颗门牙中间有一条绣花线粗细的缝。如有知下落者,敬请联系×××××。

■ 短篇小说

止痛～

工农路是条主干道，两侧几乎集中了小城的一切，五星红旗下的政府大楼，搭着气球拱门的商场，绿色的邮局大厅，银行门前的石狮子，歌舞团的过期海报，工厂区做作的绿植，以及几栋窗口挂满衣服远看像一片破布墙的居民楼。

我们的母亲正在那片破布墙的一个套间里带孙子。那里以前异常拥挤，后来陆陆续续搬走了几个，现在的常住人口就剩下待嫁的我和母亲了。一般情况下，小侄子晚上会被他的父母接走。

楼梯在大楼背后，厕所像背包一样挂在楼梯之外，我们总是噔噔噔爬一层，在厕所门口休止半拍，唰地转个弯，再噔噔噔冲向上一层，再休止，再噔噔噔，像琴童弹出来的琶音。但今天我们做不到，估计以后我们永远都做不到了。

李前回过头来对我们说：我先上去，你们过几分钟再上来。一起拥进去她会觉得奇怪。

李前是我们中的老二，也是拿主意最多的人。看着李前的背影庄严地向上移动，我仿佛听到哀乐又响了起来，这几天一直没有消过肿的眼睛再一次模糊了。

李向拖长声音"嗯"了一下,我赶紧清嗓子,擤鼻涕,清理面部。另一个重要任务刚刚开始,必须打起精神。

今天早上八点半,李旭,我们当中的老四,被我们送进了火葬场那个四四方方的小孔,盖上盖子的一刹那,一股浓稠的黑烟气急败坏地挤了出来,在火葬场空地里愤怒地扭来扭去,最终扭成一个黑色小球,像一团滚来滚去的黑毛线。我们被那团黑毛线依次撂倒在地上。

李旭是在芦苇丛边被人发现的,他左手腕上有道口子,又深又宽,嘴巴一样大张着,周围却不见一星血迹。我们去请来警察,他们稍稍鉴定,就排除了他杀。我们不服,说李旭的血到哪里去了呢?刀片呢?肯定是有人在别处弄死了他,再抬到这里来布置好现场。警察说上游的水库可能会在半夜开闸,河水上涨,把河边的血迹都带走了。我们不满意警察嘴里的"可能"两个字。他们说你们可以去水库核实一下。说完就走,对死者一点都不疼惜,不遗憾,李前冲着他们的背影骂:养你们有什么用!一个警察回过头来看了他一眼,另一个警察就像没听见一样。

我们把单薄僵硬的李旭安置在离家很远的地方,开始合计一些事情。

大家的第一个反应完全一致,这事暂时不能让患有心脏病的母亲知道。她的命也真苦,从小没娘,中年丧夫,老年还要丧子,就算没有这病,估计也承受不起。

我们想起了一件事,以前有个邻居,男人在煤矿做事,一天,家里突然来了几个矿上的客人,他们先跟矿工的母亲亲热攀谈,接着拿出一只铝盒,里面放着让人一看就直打哆嗦的针管和针头。他们说,现在有个政策,可以给矿工家属免费检查身体。矿工母亲一听,欢天喜地地露出上臀,一针下去,人就有点痴痴呆呆的,这时,矿上的人才说,矿工去食堂打饭的路上,被一辆车撞倒,又辗了过去。那母亲又像听见了,又像没听见,讷讷问了句:他现在在哪里呢?矿上的人走了以后,我们一直屏息凝神,想看看那药失效后,她会怎么反应。结果等到天黑以后,才隐约听见了几声微弱的哭声,那以后,她再没哭过。

合计的结果是,先瞒着母亲办丧事,丧事办完再给母亲打针,打完针就告诉她真相。

要想瞒住她也不容易,她会奇怪我为什么不回家,也不见李前去接他儿子。李前说,让我屋里人出面,无论如何死死拖住她,坚决不让她出门。李向说,还得跟隔壁左右交代一声,别把外面的消息带进楼里。

李进,你的看法呢?

兄妹几个中,我总是最后一个发言。我小声说:我们是不是没有资格剥夺她伤心的权利呢?说不定哭出来也是个发泄。

李向和李前异口同声地反驳:她受不了的!

母亲身高一米六三,体重仅有八十二斤。我小的时候还是见她壮过的,那时她的小腿肚像南瓜一样滚圆,坐下来的时候,肚子鼓鼓的像藏了个小球,而现在,我曾经笑她,你去澡堂不用带肥皂盒了,直接放在锁骨窝里。

家里安排妥当后,我们兄妹三个就日夜驻扎在那个隐蔽的办丧事的地方,李旭的老婆毛文佳当然也在。我们直觉李旭的死与她有关,但我们都是受过一定教育的人,为了显示我们的良好修养,我们没准备像有些家庭曾经做过的那样,把她摁在李旭的棺前,质问她,咒骂她,甚至揍她,侮辱她,不过我们明显在冷落她,不用正眼看她,也不让她过问丧事的细节。她唯一被允许做的事,就是坐在李旭的遗体前哭泣,不停地烧纸,除此之外哪里都不许去,晚上也不许回去睡觉。

在场的人都很支持我们:如果你们有话要说,现在就要说,事情过去了再来说,就是另一回事了。

我们听得懂这里面的怂恿,但是,她已知道警察的鉴定,我们以良善之人的逻辑揣测,他们结婚还不到一年,应该不存在恶意的虐待甚至谋害,也许只能怪李旭心事太重了。他一直是个郁郁寡欢的人,寄予厚望的高考落榜了,哥哥们给他制订的人生规划他也不满意,汽车修理工他能干得不错,但他是个有洁癖的人,每天下班后要站在拇指粗的水龙头下,拿鞋刷蘸洗衣粉狠刷自己的皮肤。有一次,李向笑他,说你这辈子是没法做小偷了,隔着老远,你身上的汽油味就在提醒人家。为这事,李旭有好长时间不跟他说话。我能理解李旭的失落,他是最小的孩子,从小大家都宠他,夸他聪明,夸他标致,一个又圆又大的太阳一直悬在他的头顶。突变发生在初三那年,全家唯一能挣点小钱的父亲,居然在一个女人家里猝然离世。我们在母亲的指挥下,遮丑般草草料理完父亲的后事,就回到了各自的学校(李向是在职进修),靠着成年人的情绪自控力和不多的助学金勉强渡过危机,假期回家才发现,母亲卧病在床,李旭萎靡不堪,成绩更是一塌糊涂,再三鼓舞,仍然难扭颓势,从此一路向下,直至在高考中应声落榜。很长一段时间里,我们一想到李旭,脑子里就是松垮垮的身体、迷茫的眼神,所幸他天然俊美潇洒,不了解他的人,都道他一身文艺味道。毛文佳估计就是被他这种味道吸引住的,两人认识没多久就宣布结婚。结了婚的毛文佳喜欢穿上漂亮衣服,去汽修厂接他下班,周末到处游玩,还喜欢让李旭坐在草地上吹箫(他对箫无师自通),她找各种角度给他拍照。说起来,毛文佳还是我引见给李旭的,那时她疯狂地喜欢三毛,又刚跟男朋友分手,我就想,如果她跟李旭没事能在一起聊一聊,说不定能带动一下意气消沉的李旭呢,于是就把毛文佳当药一样引见给了李旭。哪知没过多久,就传来他们谈恋爱的消息。我当时真的吓了一跳,这不是我的目的,我一点都不看好他们的恋情,毛文佳的前男友比李旭大好几岁,也比他有钱有实力有经验,根本就是两个不同重量级的男人,但又一想,多一种经历,哪怕是错误的经历,也是成长。万万没想到,他们很快就走到了必须结婚的地步。

　　李旭灵前,我用各种方法盘问毛文佳,有没有吵架,有没有赌气,李旭在外面有没有树敌,毛文佳都说没有,但她说,他一直不快乐,很悲观,还说他前段时间看过一篇文章,里面介绍了人的十二种死法。

我恍惚了一下,马上坚定起来:悲观的人到处都是,但有几个因为悲观就真的去死呢?

毛文佳边哭边透露一个信息:早知道你这么脆弱,我就不告诉你我怀孕了。

我把这一重大新闻告诉李向和李前时,李前把握十足地说:放心,事情一办完,她就会去打掉的。

李向也说:生下来恐怕也是个悲剧。

我的想法却不一样,几乎在毛文佳说出来的同时,我就有了主意,这辈子我不结婚了,一心一意抚养弟弟留在这世上的骨血,如果毛文佳愿意,我们也可以共同抚养。我想我们都有对不起李旭的地方,我们都赢得了高考,都有学历,都有固定工作,一母所生的最小的弟弟,难道智商会比我们低?肯定是我们哪里忽略他了,冷落他了,退一万步说,就算他不如我们会考试,见他在这个势利的社会上辛苦挣扎,我们也不能坐视不管,作为哥哥和姐姐,我们理当提携他,照顾他,结果呢?我们什么都没做,我们怀着一腔优越感,公然嘲笑他下班后拿鞋刷子蘸上洗衣粉刷身体上的油污。李向和李前没法承担这件事,他们都有了自己的家,那就由我这个当姐姐的来承担好了。

丧事办到最后一天,我在预约火葬场的时候碰到几个熟人,无意中得知毛文佳的前男友回来过,而且一回来就径直去见了毛文佳。

我明白了,这可能就是真正的导火索,本来就悲观的李旭,一定是被这根稻草压垮的。

我跑去质问毛文佳,她果断否认:我听说他回来了,但我并没见着他,也不可能见到他,他那个人我了解,知道我结了婚,是不会来找我的。

我一路打听着找到毛文佳前男友的家。

是个高大笔直的男人,衬衣挺括,在家也穿着皮鞋,见到我,礼貌地伸出手来。我可做不到,径直问他:你去见了毛文佳了?你们干了什么?他果然不好对付,脸上诚恳而礼貌,说出来的话却不是那么回事:我有见任何人的自由,也有不告诉你的自由。我一时答不上来,他接着说:我还听到一些传言,你们的心情我可以理解,但如果继续下去,伤害到我的名誉,我会启动自我保护系统。

老实说,我有点心虚,没有任何把柄,就这样揣度他,本身就意味着我们这一方的虚弱,什么了不起的男人,竟值得以命相拼?但我还是虚张声势地说:我记住你了,这事还没完。

李前对我这趟侦查不以为然:也许真的跟那个家伙没什么关系,我了解李旭,他可能只是对当爸爸这事感到害怕。

李向说:先不要想这些了,现在最要紧的是妈那边,已经三天了,她还蒙在鼓里。

于是我们全都闭嘴,闷着头往工农路赶。

看看表,估计李前已经跟母亲谈过了,我和李向才假装巧合地出现在家门口。

母亲抱着小侄子,笑嘻嘻的:今天是什么好日子,这么齐整?

李前站在母亲背后,朝我们轻轻摇了下头,又用一根手指头指了指我。这家伙,他还没开口,而且他把任务推到我这里来了。

来不及多想,我接着母亲的话说:当然是有事才回来的,你的运气来了,刚得到消息,省城有个很厉害的心脏病专家最近来我们这里坐诊,我们想带你去看看,你的药吃了这么多年,早该好好检查检查了,一种药吃太久会中毒的。

母亲很感动,也很兴奋:有这么好的事? 会不会很贵?

钱的事不要你操心。李向立即表态。

那我明天就不吃早饭不解手……

哪能等到明天呀,现在就去,好不容易托人给你挂了个加急。

母亲一定要洗脸,要换衣服,收拾得光光净净才随我们往医院赶。尽管医院里已经打点好了,李前还是匆匆走在前头,说是要先去找熟人接上头。这倒是真话。

那个面目和善的护士就是我们委托过的人,一见母亲就说:来啦? 专家在隔壁房间,我负责先给她做个预检。她把母亲带到一张病床上,又从里间端出一个搪瓷盘子来,里面搁着一支注射器。

母亲一脸信赖地向护士讲她的各种不适,何时心慌,何时气短,何时心跳快得难以忍受,像要把胸腔撞开似的。护士耐心倾听,末了安慰母亲:不要紧,这个专家水平很高,很有名,一定会给你治好的。

母亲在床上躺下,松开裤腰。

我们三个屏住呼吸盯着那管药水缓缓往里推,完了,针管空了,护士拔出针头。我们一起看向母亲的脸,那里出乎意料地安宁,她在静静期待专家的到来,想象那个专家如何像拔野草一样拔去困扰她半辈子的心脏病。

我跟着护士来到门外,护士说:等个两三分钟,就可以开始了。

第二个方案也准备起来吧。我说。

第二个方案是镇静剂失效的时候,马上进入抢救状态。

母亲在跟两个哥哥说话:这个护士手艺太好了,打针一点都不疼。

李前抬起一条腿,半坐在床边上:到底是没文化的人,这怎么能叫手艺呢? 这叫水平!

我觉得李前真是个了不起的家伙,此时此刻,他竟然能用这种语气说话。我和李向都没他放松,我们一左一右站着,死死盯着母亲的脸。

李前问：午饭时间到了，要不要我去买点吃的来？

母亲迟疑了一下：……不……饿。

那种感觉来了！她不是在思考自己饿不饿，不是这种迟疑，而是李前的问话延迟抵达她的大脑的迟疑。我看得很清楚，她有点迟钝了。

李前看了我们一眼，他在用眼睛说，他要开始了。

妈，跟你说件事。他抓起她一只手，摩挲起来。原来他提前坐到母亲身边，是为这个动作做准备。

啊？母亲看着李前，眼神不太集中，换作以往，她肯定紧张起来了，因为李前的语气明显不对劲。

李旭，出事了。李前试探着。

母亲看着李前，没什么反应。

李前大胆地说：李旭走了，您的幺儿子，他丢下我们提前走了。

李前的声音哽了好几下，整个病房里的空气随之哽了好几下，但实在是太紧张了，这几天我们一碰就会流下来的眼泪这会儿竟神奇地固化在眼眶里。

母亲的眼睛慢慢从混沌中回来了，一星星亮光，像朦胧下去的灯火，被人噘起嘴巴吹了一口，又亮了起来。那亮光很快变成泪光，像汩汩地冒出来的泉水。

大约两秒钟，泉水戛然而止，与此同时，母亲的脸深深地扭结起来：我的儿啊！那是极其痛苦的肌肉运动，声音却越来越微弱,很明显,药物正在以千倍万倍之力消解着她身心两处一起迸发的剧烈疼痛。我仿佛看到两只巨手,一只死死捂着她的嘴,一只拽着她的胳膊、拖着她飞快地往后退,往深不见底的黑暗里退。我们做对了,如果不打这一针,母亲肯定心脏病爆发,我们必须马上投入第二场葬礼。

药物的效果还在铺天盖地地涌来,母亲的气息渐渐平稳,那汪泪水也已经干涸,只在眼角证物似的留了两道泪痕。

闻讯而来的护士动手翻了翻母亲的眼皮:没事了。她满意地笑了一下。

我追出来问她:她醒来后还有没有危险?

护士肯定地说:因人而异,起码最危险的时刻已经过去了,要想叫她完全不伤心也是不可能的,毕竟是母亲。

她建议在医院继续观察一会。

母亲在傍晚才醒过来,我一直守在她旁边,她没有翻身,也没想跟我说话,我是见她眼睛睁开了才知道她醒了的。

想喝水吗?我轻声问她。

她缓缓眨了下眼睛,没作任何表示。

我轻轻按摩她的胳膊,她的手指,她全无反应。也许她还没有完全摆脱麻痹。

他就没留句话?母亲突然问。

没有。我干巴巴地说:我们事先都不知道,有人在江边的芦苇丛边发现了他,事情估计发生在头一晚。我边说边往护士办公室看,希望能碰上我们委托过的那个护士,我总担心下一刻就是母亲爆发的时刻。李向和李前出去结账了,这几天到处买东西,来不及付全款,有些店里只好记账。

为什么不送到医院来抢救?就三把两把送去烧了?母亲说这话时还是没动,但情绪明显上来了。

太迟了,你相信我们。我再次看了眼护士办公室。

那个女的呢?

她指的是毛文佳。我说:公安局的人来过了,他们说,不怪别人……

然后母亲就再没说过话了,一直以那个姿势躺着,一动不动。护士说得真准,最危险的时候真的已经过去了。

晚上,护士把我们叫到走廊说:你们可以回去了,过了今天,就是一般人都能够承受得起的了。

把母亲扶起来时,我一直不敢看她的眼睛,没有我绘声绘色向她许诺过的专家,甚至连普通的药物都没有,只有一针莫可名状的药水,我不知道它的名字,主治什么,有无副作用,只知道它像神仙的手指一样神奇,一针下去,叫你不哭就不哭,叫你不痛就不痛,叫你安静你就像根木头一下躺下来,连母亲痛失心肝的哭号都被捂了回去。

母亲的脚刚一触地,人就歪倒下去。药物还在发挥残余作用。

李向把母亲抱起来时,母亲望着他一字一句地说:你们不该把我搞成这个样子。

就像一发炮弹毫无防备地打来,我们全部中弹,不能言语。

出院前,我们已经拜托过前后左右的邻居,请他们跟她聊天,不停地聊天,但不要谈起李旭的事。那聊什么呢?看着那帮老头老太发愁的表情,我们给他们出主意,就聊李进我吧,我还没嫁,连男朋友都还没有,请你们每个人提一个人选,让她考虑,看看要不要告诉我,要不要安排相亲。这个可以,没问题,老头老太们答应下来:不一定弄成真的对吧?我们说,如果合适,弄成真的也可以。这下他们更高兴了。然后我们又去了毛文佳那里,我们跟她说,晚上不用担心,晚上我们下了班,会看住她,我们就担心她白天会跑来找你,还在医院的时候,她就恶狠狠地问起过你。她这种情况,极有可能在吵架的时候气血上涌,彻底崩溃。毛文佳一个劲地点头:我会尽量躲着她,不让她看见我。与此同时,我谢绝下班后的一切外出,从头至尾缠着她,向她请教烹调上的事、针线上的事,甚至教她拿起铅笔来画画。李向和李前没事也尽量带着家人过来。总之,我们尽量不让她一个人待着。

有天傍晚,她默默地剥一小筐蚕豆,一滴眼泪蓦地掉下来,砸在蚕豆上,越来越多的眼泪砸在蚕豆上,蚕豆顿时湿漉漉一片。本该安慰她的我,却一掀椅子站了起来:算了,大家都不过了!说完气呼呼地把自己关进房间。

这是我早就在脑子里演练过无数回的办法,如果她突然想到那件事上去,我就假装跟她生气,转移她的注意力。

她果然有点懵,我从门缝里偷偷往外看,她擦了擦眼泪,不安地往我这边瞄。在这之前,同样是为了防备她沉溺在那种情绪里,我向她"求证"过一件事:听说,通常家里出了个像他那样的人,会在这个家里留一个坏精灵做质押,这个精灵必须抓住下一个像他那样走的,才能获准回去。母亲听了非常惊恐:瞎说八道!你说的那是水边,水边才有那样的东西……她突然说不下去了,因为李旭其实就是在水边走的。

她来敲门了。门根本没锁。我面孔朝下,故意不理她。

她在床边坐下:我知道你们的心思,是我身上掉下来的肉呢,怎能不疼?等你将来做了大人就知道了。

我转过头来看她,这是她第一次正面谈到李旭,她终于可以冷静地讲起李旭了。

我们都对不起他,他不肯给我们留下一个字就是证明,他在心里怨我们,怨我们都只顾过自己的,谁也没去关心他、帮衬他,他对我们这些人、对我们这个家是彻底死了心了。那个女人也不是什么好东西,一对颧骨那么高,我早就在担心。

我还能说什么?只能看着她,让她用不紧不慢的叙述来发泄。这是多么好的发泄。我甚至希望她能多说一点。

我去找过她好几次,她单位的人说她已经走了,事情一结束,她就走了,不知到哪里去了。

我假装惊讶,同时庆幸之前跟毛文佳打过招呼。

第二天上班,我找了个机会,窜到那个门口搭着气球拱门的商场。毛文佳正在给一个顾客包扎商品。打发走顾客后,她走向我,苦苦地笑了下。

我妈来过?

按你们说的,我一看见她,就躲起来了。

她旁边的两个营业员也望着我点头,显然,她们也是参与者。我能想象那种情景,远远地看着母亲走过来,她们赶紧示意毛文佳藏起来,然后对母亲说,她走了,早就不在这里了。母亲走后,她们一起冲毛文佳吐舌头,庆贺小小的胜利,没准还有议论:自己的儿子想不开,关媳妇什么事!媳妇还没找她扯皮呢,什么家庭,什么儿子,结婚一年就自杀,让媳妇以后怎么做人?我猜她们肯定会这样议论。

李向和李前都不知道毛文佳的前男友这个人,母亲也不知道,我拿不准该不该跟他们提起,毕竟,公安部门已有结论,毛文佳的前男友或是别的什么人按住李旭,拿着刀片割开他的手腕,跟李旭自己割开,是很容易鉴定出来的,就算他的存在威胁到李旭,一个男人因为受老婆前男友的威胁就自杀,似乎也说不过去。难道事情真的像李前想的那样,李旭是被即将做父亲的山一般的压力给压死的?

"父亲"这个词吓了我一跳,我想起一件事来,立即折回商场,问毛文佳:他还好吗?

毛文佳一脸警觉:哪个他?

我指了指她的肚子:我说话算数的,我来当李旭,我们一起养大他。

毛文佳的表情告诉我,事情有变。

我也不知道怎么回事,那件事办完后,我就感到不对头,跑到医院一查,医生说要卧床保胎,一直保到生下来为止,也就是说,我要在医院躺六个月。我怕保下来的不好,就做掉了。

被欺骗的感觉刚一露头,就噌地一下充盈全身,每根血管都胀得鼓鼓的。我上上下下扫了她好几眼,确认她脸上的悲伤都是假的,强装出来的,不然为何她眼睛会那么亮?

你根本就没怀孕,对吧?

她脸红了。谎言被戳穿,当然难为情。

不是你想的那样。

你能把医院的收据给我看吗?

她脸更红了:你在侮辱我!

所以你把医院的收据拿来给我看呀,你向我证明事情不是我想的那样啊。我的声音大到难听的地步。

我为什么要向你证明?我对自己负责就行了。

当然要对你自己负责,带着个孩子怎么好嫁人呢?

那是我的事,跟你无关。

怎么跟我无关呢?真是好笑,你除掉的人是我弟弟,居然还说跟我无关!

之前我从未这样想过,但这一刻,我突然福至心灵,也为自己贲张的血脉找到了出路。

你说话要有依据,怎么是我除掉的他?你们不是找了公安局的人吗?

你不用拿刀,你只需做给他看,只需说给他听,因为你知道他的死穴在哪里。

其他柜台上的服务员也在往这边凑,看得出来,他们对我说的话很感兴趣,除了她身边的两个女人,大多数人并无制止我的意思。我趁机把那个家伙说了出来:

你的前男友,我去见过他了,他跟你说的可不一样,你为什么要撒谎说你没见过他呢?然后为什么又要对我们撒谎说你怀孕了呢?你欺骗我弟弟,欺骗我们全家,你欠我们家一条人命,你不会白欠的,你考虑过怎么偿还吗?

人越围越多。有人把商场经理叫来了,那个戴眼镜的中年男人,站在一楼和二楼之间的转角处望了望我们,似乎断定我不是那种能把这里闹得天翻地覆的人,没做任何表示,转身走了。

我知道此时应该索性把撒泼推向极致,但把自己想到的话一口气全都说出来后,我就不知道往下该怎么说了,我完全不会吵架,也从没跟任何人吵过架,连小小的争执都少有,当然不知道我说过的那些话其实是可以翻来覆去一说再说的,我以为每次都要想出新的思路新的词句来才行。何况毛文佳开始哭,虽然我很厌恶她的眼泪,但她哭得连鼻涕都流出来了,我就只好悻悻地转身走了。

那个已经不存在或者从来不曾存在过的婴儿彻底改变了我对毛文佳的印象,她竟敢愚弄我,我真想告诉母亲毛文佳还没走,母亲可比我会吵架得多,但我不敢这么做,母亲就像一根干柴,去找毛文佳大闹,结局很可能是把自己点燃,化为灰烬,而毛文佳毫发无损。

终于把前男友的事告诉了李向、李前,他们的反应出乎我的意料。李向说:不一定跟他有关,他们这个婚本来结得仓促,还没学会掌舵的人就不该出海。李前说:好不容易快要平息了,何必又去挑起来?只能往前看了。

李前还说:老爸给我们的名字没取好,既然要生第四个孩子,名字库里就不该只准备三个,向前进,向前进,独独掉了个李旭,他可能是想取旭日东升的意思,但你们看这个"旭"字,九是自然数的最后一个,加在一起就是太阳最后一程的意思啊。

突然又想起别的事来:对了李进,最近妈有没有外出?我儿子怎么晒得这么黑?一天比一天黑。

他对毛文佳的前男友不感兴趣,我便也对他儿子的皮肤不感兴趣,没好气地说:不是都交代邻居了吗?他们天天在一起聊天,开动脑筋合计我的婚姻大事呢。

有天我在楼下碰上邻居,就是我们委托过要他照顾母亲的那一个,正在一个劲地感谢他,他打断了我:就刚开始那几天我们还能碰到她,后来就碰不到了,等你一上班,她就抱着孙子出了门,你下班之前才回来。

她没说她去了哪里?

没说。她比以前话少了。有天我喊她来打牌,她说她要是还打牌,会遭雷劈的。从那以后,我们就不敢在她面前提打牌的事了。

应该不会是去毛文佳那里了,对她来说,毛文佳已负罪潜逃,不知去向。应该是去了户外,因为李前说他儿子一天比一天黑。到底是哪里呢?

第二天,我找了个机会溜了出来,我想证实我的想法对不对。

我来到江边,李旭是在长江北岸被发现的,我不止一次去过那片芦苇丛,用李旭最后的视角审视对岸,也就是整个小城,五个高低错落的楼顶后面,就是他和毛文佳的家,我进去过,很小,一间卧室,一间小饭厅,厨房在走廊对过。当时他们正要吃饭,一个青椒肉丝,肉丝调料似的点缀其间,一个咸菜,没有母亲开的伙食好,也没有母亲的厨艺高,我记得我当时很不以为然,吃糠咽菜的,又何必结婚?现在想想,他内心肯定是焦虑的,而我竟无动于衷,甚至还在心里说着风凉话。我想他在芦苇丛边坐着的时候,肯定望得见自家窗口的灯火,说不定还能看见他爱的人的身影,稍远一点的黑暗里,就散落着我们这些人,随时可以被他叫到身边的人,可他谁都不理,谁都不要。他的伤口不是一次划成的,边沿不整齐,有开叉,有缺口,什么样的力量才能撑起他对自己的这份狠毒啊?

葬礼那几天里,我只差跪在地上拿放大镜把那块地方篦一遍了,我想找到哪怕一点点属于他杀的证据,我还用自以为严密的推理写了封长达十六页的信,内容涉及毛文佳,以及毛文佳的前男友,送到公安局刑侦科,结果他们只对我笑了笑,就把信还给了我。死一个人对谁都不重要,除了这个人的家人,我说的是有血缘关系的家人,不包括毛文佳,甚至不包括两个嫂子。

还没到那个地方,就听到一阵小孩子的哭声,我猜是这一带哪个农民的孩子,因为附近就是菜农的住宅区。

奶气的哭声越来越清晰:奶奶,回家,我要回家。

又走了几步,我就看见母亲了,她坐在李旭出事的地方,任凭小侄子怎么哭喊,怎么拉她扯她,一动不动。

我想冲过去,却不得不设想一下后果,如果母亲转过身来抱着我痛哭怎么办?天知道她在这里酝酿了多久,突然爆发,一定会伤筋动骨。还是让她自己慢慢冷却下来吧。

一个拎着篮子的妇人走了过来,在这一老一小身边停住,从篮子里抓出一条黄瓜,递给小侄子。小家伙有了吃的东西,马上不哭了。妇人对母亲说:你不要天天到这里来了,一来就坐大半天,弄得我们心里也不好过。光是今年,这地方就走了三个精壮汉子,你想我们住在这里多倒霉呀,年年夏天涨水,年年种的东西要冲掉一大半,年年要看到这种事。

一通埋怨倒劝动了母亲,她扶着膝盖,站了好久站不起来,妇人拉了她一把,总算让她站稳了。你看你,这么个身体,也不知道爱惜,搞坏了也是儿女的负担呀。

我没有儿女了。

母亲冷淡的声音吓了我一大跳,她这是怎么啦？她不要我们三个啦？

哎哟！拎篮子的女人惊呼一声:那这是你孙子？才这么小？你的担子重得很呢,更要小心看好自己的身体。

母亲一手牵着孙子,一手扶着后腰,慢吞吞往回去的方向走。

过了桥,我假装突然发现他们,高兴地冲过去。

她脸上变得那个快呀,我简直没法形容,前半秒还是灰扑扑的脸、无精打采的眼神,后半秒已经笑得眉毛都扬起来了,只是有点僵,像在完成规定动作。

虽然秋天的风已经凉下来了,侄子还是被晒得发烫,我亲亲他通红的小脸,摸摸母亲的头发,顺便悄悄摘去粘在那里的一根断草。

难得出来一次,我带你们去吃点东西吧。我猜他们还没吃午饭。

母亲顺从地跟着我。小侄子果然黑了许多,连孙子都不会心疼了,说明她的麻木或恍惚已经到了必须制止的地步。

从明天起,我回家吃午饭吧。

之前我都在单位附近吃一个学校的食堂。如果我每天回家吃午饭的话，母亲就没空去江边伤心独坐了。

好啊。

母亲答复得很勉强，她脸色灰败如枯草，丝毫看不出进食的愉悦。小侄子吃到一半，睡了过去。我说：他瘦了，黑了。母亲说：在抽条。

李前也说他变黑了，还问我你是不是带他外出了。

母亲这才抬眼看我：李前说的？是啊，他儿子黑了他都心疼，我的儿子呢？

我赶紧切换频道：跟你说件事，今天有人给我介绍男朋友哦，你想不想知道是什么样的人？

她配合地擦了擦眼睛，可刚一擦完，两颗大大的眼泪又滚了出来：昨天也说有人给你介绍，前天也说过，今天又有，你当我是傻子啊？

"李旭"两个字正在成为我们家的禁区，大家说话都没以前那么随便了，生怕一不小心说出这个名字来。

偏偏李旭的生日到了。从小到大，母亲一直用她的方式给孩子们过生日，那就是单独做一样小寿星爱吃的食物，其他孩子都不许吃，除非寿星吃完，其他人才可以分而食之。既隆重又不怎么增加花费。李旭的爱好很古怪，他爱吃煎肥肉，把肉切成纸一样的薄片，腌制半天后，在油锅里煎成卷儿。

那天我回家吃午饭,饭菜已经摆上桌子了,母亲又去了厨房,很快,我就闻到了煎肉的香味。

好吧,借这个机会,我们谈谈李旭也好,李旭不应该成为我们的地雷,多少人死去了,多少活人在谈论他们,他们在谈论中获得永生。应该把永生的概念灌输给母亲。

母亲过来了,端着那盘李旭最喜欢的煎肉,细碎的油星在肉片表面蹦跳、碎裂,灼热的酱香袅娜而起,在冬天的冷空气里盘旋,实在令人垂涎。

我的筷子刚刚伸向那些肉卷儿,就被母亲赶了回来。

你不要吃他的。

好吧,也许母亲还想沿用以前的规矩,等他吃完了,我们这些眼巴巴望了好久的人才可以一拥而上。

但母亲自己吃起来了,她夹起一个肉卷儿,慢悠悠送进嘴里,嘴唇立即变得油光可鉴。她又夹起了第二片、第三片……眼看盘子空了一半,我不得不提醒她:医生说过你要饮食清淡。

母亲不光心脏不好,胆也不好,很年轻的时候就把胆囊切除了,从此建立了一份很长的禁食名单,那里面就有肥肉。

我不替他吃谁替他吃?你们的心太狠了,看都不让我看他一眼,不分青红皂白就把他送去烧成了一把灰,你们怎么知道他不是被冤死的?万一公安局的人看错了呢?被人买通了呢?被毒死的人骨头会发黑,你们把他弄得连骨头渣都不剩,想给他申冤都没法申了。我到他出事的地方去过,也去找过那个女的,每到一个地方,都觉得他在喊我,拉我的袖子。你们呢?你们无动于衷,死了就埋,埋了就了事,就像吃完了饭,嘴一抹,该上班的上班,该下班的下班,你们的心真狠!

我们只不过不想刚送走了弟弟,又要送走妈。我们这样想有错吗?

她再没说什么,又开始打那半盘煎肉的主意,我只好把盘子从桌上撤下来,拿到厨房去。

问题肯定出在那个女的身上,总有一天我会找到她的。当时你怎么没甩她几个嘴巴子?多好的机会,谁都没话说,现在去打她反而不占理了。

其实这也正是我后悔不已的地方,我不仅没有甩她嘴巴子,还跟她握着手一起哭泣,拿自己的一生发誓。现在想想,她当时肯定一边握着我的手,一边在心里嘲笑我这个愚蠢的大姑子,嘲笑我们一家都是好欺负的笨蛋,她只用"怀孕"两个字就轻轻松松搞定了我们全家。

想到这些真的有如万箭穿心,也许母亲是对的,我们太草率了,不仅如此,我们还老实得可怕,公安局的人排除了他杀,我们真的就把他的死当成一件极其私人的事,这个世界上有谁是真正独立活着的呢?每个人都跟别人发生着千丝万缕的联系,丝丝缕缕中,稍不注意,有几根可能就会不动声色地要了人的命,我仿佛看见毛文佳变成了一只毒蜘蛛,她吐出几根轻飘飘的毒丝,把它们吹向李旭……好吧,就算现在才行动,也不算晚。我盯着母亲说:她们骗了你,毛文佳还在那里,她只是看到你就藏了起来。

过了一两秒钟,只听见啪的一声巨响,碗碟在桌上乱跳一气。小侄子吓得哇哇大哭起来,母亲两眼圆睁:

她不敢见我,正好说明她心里有鬼!

两天后,一个面生的女人气喘吁吁地出现在我办公室门口。

快来,你妈出事了。

来不及想更多,我跟着她往外跑,几分钟后我才意识到,我们正奔跑在通往商场的马路上,而且我马上想起来,这女人是毛文佳的同事。

第一眼我根本没认出来那是母亲,我以为父亲又活了过来,正躺在商场的地上,被人围观着。

母亲穿了父亲以前的衣服,戴着父亲以前戴过的狗钻洞帽子,乌紫的嘴边堆着白沫。

快给医院打电话呀,求求你们!

一个女人说:刚刚已经打过了,他们说,得让你先来看看情况,免得说不清楚。

她们七嘴八舌地告诉我,母亲进来时,谁都没有认出来,因为她看上去完全是个男人,狗钻洞帽子严严实实包着她,只露出眼睛和鼻子。她假装在毛文佳柜台上买东西,突然掏出怀中打好活结的绳子,朝毫无防备的毛文佳头上套下去,只一下,就把毛文佳的脖子拉成了鸭颈子,如果不是她们来得快,毛文佳可能已经被勒死了。

顺着指引,我看到毛文佳被两个人扶着,瘫在椅子上哀哀哭泣,她脖子上有一道红印,一条粗大的麻绳被她身边的女人死死拽在手里,活像拽着一条毒蛇,生怕一松手,就会蹿出去伤人。我不记得家里有那样的麻绳,看来是母亲专门从什么地方弄来的。

救护车哎哟哎哟地开过来了,他们很专业地抬起母亲,路过毛文佳身边时,我又看了一眼她的脖子,那里正在变成紫红,依稀能看出麻绳的纹路。我注意到,母亲没有看她,她也没有看母亲。

说来也怪,一到医院,还没用药,母亲就基本恢复到商场闹事之前的状态,但我还是决定让母亲留在医院观察一个晚上。

我说:你今天差点杀了人。

母亲居然微微一笑:如果不是我故意在绳子上打个结,她早就死了。为了算好那个结的位置,我在家里操练了好几次,差点把我自己勒过去了。

这是李旭出事后,母亲的第一次笑。

出乎意料的是,这天晚上,毛文佳竟然缠着大围巾到医院看望母亲来了。

我提心吊胆地站在床尾,生怕她们再起冲突。

毛文佳把她拎来的礼盒放在床头柜上,直直地站在母亲床边。我以为母亲要咆哮起来,要赶她走,但她没有,她既不看毛文佳,也没有闭上眼睛,安静得像个多年的青光眼。

毛文佳说:我才不管你们怎么想,我也管不了。谁都只会心疼自己的人,别人家的人,谁管她死活?

说完这话,她就面无表情地走了。

母亲仍旧扮她的青光眼,我也不再提她,所以毛文佳的探望就变成了无人回应的一只礼盒、一句话。

母亲睡着之后,我在医院里踱来踱去,无意中看到了"妇产科"几个字,突然想起我有个小学同学在这里做护士,决定去找她聊聊。

她已经是护士长了,正好这天值夜班,见到我,高兴地给我倒了杯水。

我问她忙不忙,她说忙哦,光是那些生孩子的、刮宫的,就够人忙的。

我心里一动,问她:这些人,你们这里有记录吗?

当然有。

我回忆了一下大致时间,问她能不能查一查那几天的记录。

她有点为难:本来是不能随便查的,但你来查嘛,我可以试试看。

她查到了毛文佳的名字,诊断记录是提前终止妊娠,孕期七周。

原来她没有骗我,她只是改变主意了。心里顿时轻松了不少。

第二天，母亲出院。她坚持不坐车，要和我慢慢走一走。我觉得她比以前精神了好多，脸上再没那层枯败颜色了。

有一段路，可以望见李旭出事的那片江边，那里如今光秃秃的，菜农已经把那些芦苇砍掉了。母亲痴痴地望着那一片，我怕她又会激动起来，就催她快走。

趁现在水退了，地上又还没长出东西来，我想去那里栽棵树，就栽棵柳树吧，那地方，只有柳树好活。我怕时间一长，我们都会忘了那个地方。

我嗯了一声，觉得把地雷变成一棵柳树，是个不错的转变。

你说，他当时到底在想些什么呢？

这是个让人窒息的问题，我们都不出声，一起望着那片地方。

十八岁那年,你过得怎样?

第五次相亲回来,他信心倍增。这一次跟前几次都不同,以前那些姑娘,外观上都过于暗淡,即便如此,她们跟他一见面,还是流露出但愿快点结束的不耐烦,他猜她们宁肯降低某些要求,也要挑选一个身材高大魁梧的男人做她们的丈夫、她们孩子的爸爸,而他身高只有一米五二,还是穿鞋量的,身高的劣势大大抵消了他在银行工作的优势。对此他没什么好说的,她们热爱她们的人生,他也清楚他的分量,所以每次他都心甘情愿为她们消费的茶水买单,然后在不通姓名的情况下礼貌挥别,不说再见。这次的姑娘是他姑姑介绍的,姑姑到底是自己人,带来的姑娘是他相亲以来遇到过的最美的一个,什么都好,只有一个不算问题的问题,她在离城区三十多里的小医院里做护士,而且还是编制外的,他能感觉到,她对他、对他们的见面抱有真挚的热情,这不是指标里的内容,却比任何指标都管用,他的心立即为她跳了起来。

他在回来的路上回味她的面容,绯红的脸蛋,明亮的眼睛,圆润的下颌,像孩子一样散发着天真而纯洁的气息,她的手也是孩子气的,手指圆润纤细,手背上有酒窝似的小坑。她是唯一愿意提起茶壶为他续水的女人,之前都是他给她们续。她还有个跟她的长相绝对一致的名字,她叫小苹,苹果的苹。

他跟小苹说,远一点不算什么,编制更不算什么,你有自己的专业,到城区找份工作并不难,实在不行,以后可以买辆车,开车三十里路上下班其实是很舒服的事情。他很高兴她把工作问题视为自己的短板,这说明她很看重他的工作,也就是他的优势,同时也说明她对外面的局势还不十分了解,这正是他趁机杀入的好时候。

他们的约会基本保持着一周一次的频率,他看出某种美好的趋势,开始委托他的同事们给他添置行头。

办事处规模不大,是这家银行里最小的办事处,他把自己的笔记本放在值班室的一个抽屉里,午休,或者没什么顾客的时候,谁有空谁就一头扎进他的笔记本里,他们在那里看电视,逛淘宝,一有情况,外边敲一下门,里面的人马上手拿账本,做出一副忙碌状奔出来。

他的同事都是女的,几年下来,他成了她们每个人的男闺密,亲兄弟,不说别的,每次逛完淘宝,她们少不了跟他说一声:朱宝,给你购物车里放了件 T 恤。朱宝,给你看了副太阳镜。

他姓朱,但并不叫朱宝,这个世界上,只有她们才亲热地叫他朱宝,任何人,包括他母亲,都不知道他叫朱宝。他工资单上的名字叫朱勇全。

她们比他母亲还盼着他约会,没有顾客的时候,她们的话题就老鹰见了兔子般绕着他盘旋不走:

朱宝,昨晚进展到哪里?餐馆之后呢?看电影?死朱宝,看完电影就回去啦?不是我们说你,真没出息,借着看完电影的激动心情,干点啥不好啊?非要硬生生憋回去,看你这场恋爱要谈到什么时候!别把好好的事情给拖黄了,人家都说,约会三个星期还不下手,以后就难得下手了。朱宝,拿出点霸气来,磨磨叽叽的,人家会以为我们银行的人不行,赶紧!限你本周内把她拿下。

可是,万一拿下了又觉得不合适呢?

不合适就分手啊,连婚都可以离,分手算个啥?

我担心随便把人拿下,会影响我的判断。

判你个鬼哟,你不出手,直接影响人家对你的判断,人家会想,这家伙是不是不行啊?

这个星期内果断出手勉强还来得及,人家会说,嗯,别看他个子不大,还是蛮有男人气概的。

事实上,昨天晚上的约会他们什么也没干,既没吃饭,也没看电影,他们在看房子。他觉得如果把房子亮给她看一看,事情可能会更有胜算,虽然他资金上还有点小小缺口,但买房的计划一直都是有的,而且是近两年一定要落实的,先带她看一看,不算欺骗。他几次拿语言试探她。你看,这里将来就是小餐厅,这里是洗衣房,这里是儿童房。他一边说一边观察她的脸色,没有明显的不好意思,也没有欣喜若狂,白里透红的脸上自始至终挂着淡淡的笑意,像是满意,又像是不以为意。

最后他问了她一句:你希望我快点把房子定下来吗?

问这话时,他其实挺紧张,他生怕她说,那就快点买下来吧。虽然他正好可以接口说,那我们先把证拿了吧,但他并不能马上完成首付。

提心吊胆中,她慢悠悠地说:我觉得买房子不能急,要住一辈子的,得想好了再动手。

他前半生到底积了什么德啊,这辈子竟修来这么稳重可爱的好姑娘。她回家也不要他送,说他明天还要上班,不宜睡得太晚,自己爬上中巴车就走了。

一个人往回走的时候,他迫不及待地拐进商场,直奔五楼。他很少去商场,要去也选在接近打烊的时候去。五楼有男童鞋柜,像往常一样,他要了双35码。最近约会越来越多,不能让她见他总穿一双鞋,于是又买了一双。他没回头,也能感到那两个服务员磁铁般的眼睛一直烙在他后背上。到一楼时,他犹豫了一下,他多么想去男鞋柜那边看看呀,那些精致又霸气的男人皮鞋,他这辈子都别想穿上它们了,他在心里诅咒那些设计男童皮鞋的人,干吗要把鞋子设计得这么孩子气,这么土气?男孩就不能绅士一点吗?

他从没告诉过别人他脚上的鞋来自童装柜。有一天,一个同事的孩子突然跑到办事处来,他一眼就看到了那孩子脚上的鞋,他们穿着一模一样的鞋。他的心情当时就坏了,随后郁闷了好几天,他妈妈肯定看到了他脚上的鞋,可她从没说什么,她假装没看到,也许她背着他跟另外几个同事议论过,也就是说,她们都知道他穿着儿童的鞋子,但她们都藏在心里,都不说穿。真不知道该如何形容那种心情,也许她们是一番好心,但谁知道她们的好心背后有没有藏着恶毒的议论和鄙视呢?现在他已经知道她们的秘密了,却不得不像她们一样,装着不知道她们的知道,继续跟她们大大咧咧亲亲热热……不管怎么想,这事成了他的喉中之鲠。

他唯一的回击就是跟她们更加兄弟,更加亲密无间,他要用亲密这桶涂料,把一切坑洞和污迹都填平、涂抹干净。他总是趁她们上下班换工作服的时候,抱着侵犯的故意,假装无意地一头闯进更衣室,他看见她们挤在一起更衣,上衣蒙在脑袋上时,硕大的双乳在胸前跳荡,脱下制服短裙时,深深勒进屁丫里的丁字裤神秘得让人头脑发懵。他无须道歉,只需假装被吓呆,愣神一两秒,狼狈退出。她们的反应每次都差不多,无非是娇喝一声,抬起脚来,照他屁股狠踢一脚,他本能地回头援助他的屁股,再次恶毒地欣赏一遍她们的各项隐私,他听见她们在他身后爆发出嘎嘎嘎的大笑,这笑声让他愤怒也让他疑惑,她们到底是讨厌他的无礼,还是他的无礼恰到好处地刺激了她们?因为隔几天就会上演一次踢屁股事件,他对她们身体的熟悉程度,不亚于她们的伴侣,他知道她们胖瘦如何,有无胎记,乳房的形状如何,小肚子是松是紧。尽管如此,他并不觉得有多愉悦,或是占了多大便宜,相反,他隐隐有些不快,他看出来了,她们并不介意被他看到身体,他从她们的不介意里感到一点点轻视与不屑,一点点玩弄,原来他并不是她们的男闺密,好兄弟,她们只是……他妈的!她们为什么不立即跟他翻脸?如果她们那样做,他可能会更好受一点。

有个夏天,他看见妈撩起宽松的棉背心擦眼睛,两只松垂的乳房老丝瓜一样挂在胸前,乳头正如干枯腐烂的丝瓜花,那一刻,他心里泛起一丝像是憎恶的东西,他肯定是吃了这对老乳房里的奶水才变成这样的,他比最小的姐姐还小七岁,生下姐姐过后,这对老乳房肯定变质了,流出来的是被病菌感染过的奶水,不然他无法解释为什么哥哥姐姐都在一米七一米六以上,唯独他,刚刚过了一米五,连妈都不止这个数。对此,妈曾经给过的解释是,她怀他的时候不小心吃过一种药,可能是那种药导致他生长受阻。他愤怒地质问:那你为什么要吃药?妈有些慌乱,但很快就坦然:别怪我的药,怪你的命!

看了办事处女人的乳房,他越发相信,35码小鞋,不是他的命,而是那个身为母亲的女人的错。

他们的约会频率始终没有加快的意思,这与他们的工作性质有关,小苹一周要上三次夜班,他不可能白天请假去跟她约会,这样一来,她的休息时间几乎浪费了一半。他问她那些不工作的白天在干吗,她说补补觉,慢慢吞吞不知怎么就过去了。这他相信,他也有过这样的周末,节奏一松,一天就像皮筋一样嗖地弹了过去。

三个月了,他决定小小地纪念一下。他从没跟一个女人相处这么久过,除了他的同事。

下班前,他在一家还算不错的餐馆订了座,是那种在玻璃杯里点根小蜡烛的餐馆。他觉得她在烛光的照耀下,有种难以形容的淡雅和甜美。

的确,她一直都是淡淡的,轻轻地笑,轻轻地皱眉,轻轻地摇手,轻轻地抬起下巴望向远方,他去拉她的手,她手指松松地任他握着,他去吻她,她总有办法在他顶开她的嘴唇之前不动声色自然而然地离开他,对他纯洁而开心地一笑,这种笑,就像一滴冷水滴进开水锅里,令他瞬间平静。

她真是个纯洁而传统的好姑娘,这种姑娘,即便在她那个小镇上,恐怕也不多了。这样一想,他格外心疼,下定决心将来要做一个最最称职的丈夫。可有时他又觉得,她这种性情跟她的职业有点不符,护士其实是个体力活,除了敏捷、果敢,还要有不怕脏不怕累不怕吵架的泼辣气,不禁替她担心,她能应付那些一生病就恨不得全宇宙的人都把他当成中心的病人吗?

无论如何,今天晚上他要取得新的进展,从订座开始他就有点摩拳擦掌。他猜她也看出来了,因为她看上去跟以往有点不一样。

今天如果晚了,就不要回去了,我会安排好你住的地方。

她没吱声,那就等于是默认了,看来时机终于成熟。他不免心花怒放。

从餐馆出来,他紧紧挽住她的胳膊,其实他想搂着她的肩的,但他们的身高不允许他这么做,她还穿了高跟鞋,比他高出更多了,搂她肩将会变成一个可笑的动作。

她的胳膊在微微用劲,她回应他了,他一激动,挽着她走得飞快。

这是他第一次有机会把女人弄上床,应该去宾馆的,那里雪白的大床比他家里的花布棉被有气氛得多,但他不敢。他听说宾馆里可能有摄像头什么的,万一保安破门而入怎么办?拘留,身败名裂,恐怕工作也要丢了。万万使不得,工作是他唯一的优势,是天上给他掉下来的馅饼,几十年来,他们家就掉过这一张馅饼,被他接住了,当然要珍惜,所以他早早做好安排,把家里人都调度出去了,今天晚上,他的家是他一个人的天下。

接下来的事情跟他这几年来在电影里看到的差不多,在他慌乱不堪之际,她的手淡定而准确地伸了过来,那一刻,他觉得她真的像个护士了,她一出手,他就回到正确轨道上,他们一起驶上正确的轨道,他第一次在女人的身上而不是自己的手上跑到了终点。后来他说:你好像比我有经验?她说,我是护士嘛,人体就是我最熟悉的东西。他马上住嘴,这个天不能再聊了。

她到底没在他家留宿,事毕之后,略躺了一会,她利索地起床,穿衣服的动作绝不拖泥带水。这跟他想象的不一样。

不是说好明天早上走的吗?我好不容易调度成功,他们都要明天才回来。

我说过了,我今天上下夜班。

跟别人换一下班不行吗?

我得回去上班。

一个班不上,天也塌不下来。

谁也不敢试试天到底会不会塌下来。

哎哟真是!那你答应我,如果我下次调度成功,你不许半夜里走掉。

你继续睡吧。

他只好起床,把她送到中巴车站,那里有发往各县的短途客车,十五分钟一趟,一直营运到夜里十一点半。路上,他再次挽她胳膊,她没有回挽他。已经迟了!她不停地看腕表。

下个星期,我再调度一次……

我的车来了。

不,不是她故意打断他的,是中巴车真的开过来了,可是,在车开过来的那几秒钟里,她非得聚精会神不错眼珠地盯着那辆车吗?他们就不能说两句话吗?

回家路上,独自懊恼了一会,突然福至心灵,这样的姑娘正是他要找的好姑娘啊,理智,冷静,意志坚强,不轻易被俘获,等等,没一样不是好品德。他在路灯下高高地跳跃了一下,寄希望于下一次吧,下一次他会安排得更周全一点,起码不要让她半夜里爬起来去上班。

但他太乐观了,首先是他家里人并不那么容易调度,爸退休了,妈是个家庭妇女,两人除了家,没地方可去。虽然他没说出调度他们的真正目的,但他们很可能已经猜到了,他们似乎并不赞成他这么做,他们说:这样做,有很多意想不到的危险。其次,小苹那边总是有事,不是临时调班,就是"身体不适",都是不可抗力事件。

这中间,姑姑到他们家来了一次。寒暄过后,姑姑把他叫到一边,问他跟小苹进展如何,他说,正常。姑姑极有深意地说:你是男人,该出手时就出手,恋爱的人,不存在犯错误这一说。他在姑姑面前一向无话不说,就满不在乎地说:犯了,已经犯过了。姑姑在他屁股上拍了一下,一脸幸福地笑了。

他向姑姑抱怨:当初你怎么不在城区的医院里帮我找一个呢?她要倒班,我们见面的机会太少了。

我的圈子只在那里呀。姑姑是小苹那家医院里的主治医师。

姑姑又说:慢慢你就懂了,有情不在朝朝暮暮,适度的节制反而会让感情更长久,更纯净。下次我争取在城区帮你找一个。

咦?你凭什么认为我还有下一次?我可是奔着结婚的目的去的。

真是个好孩子!姑姑又拍了下他的屁股。他从小就跟姑姑有着难以解释的亲密,据说他小时候就是在姑姑家断奶的,从小到大,一到寒暑假,他就是姑姑的孩子,不到开学前一天不会回家。姑姑接着说:但我要告诉你,恋爱也是需要练习的,婚前练习越多,婚姻越牢固,那些初恋就结婚的,就像温室里培育出来的花朵,经不得一点风雨,百分之八十后来都出过问题。

他马上默默回想自己的恋爱经历,虽然见过好几个姑娘,但真正开始约会进入恋爱的,只有小苹一个人而已,除掉以前的暗恋,小苹真的是他的第一个,按照姑姑的说法,难道他和小苹注定不会成功?不可能,小苹虽然不那么热情似火,但她多么温顺,让他感到他并非是个矮小的男人。

夏天一到,他就格外忙,几乎每天,他都要被同事们差遣着,骑着电动车大街小巷地跑。她们替他顶岗,让他出去为她们买西瓜、买冰淇淋、买辣得让人疯狂的鸭脖子,穿过两个街区为她们买此地最有名的凉面当午餐。事实上,不光是夏季,一年四季他都有出来为她们买吃食的机会,春天的樱桃和杨梅,秋天的板栗和甘蔗,冬天的烤山芋和冰糖葫芦。

这一次真走运,他赶到那个最有名的凉面馆时,正赶上他们搞怀旧活动,不光买到了地道的凉面,还买到了八十年代盛行过的冰水,据说那时凉面的固定拍档就是店里的冰水。

当他带着冰水和凉面回到办事处时,受到了有史以来最热情的接待,原来她们都知道凉面与冰水的故事,她们当中胸部最大的那一个,迎面扑来,一把搂着他,在他脸上啾啾地狂亲,连声夸他:真是个好小孩!好弟弟!他心里快活无比,表面上却不为所动,他保留着大胸脯同事的口水,埋头吃他那份不花钱的凉面。这里有个不成文的规定,跑腿的人是不用掏钱的,他的凉面和冰水钱均摊在她们几个人头上,或者说,他吃的是他的脚力钱。

一个女同事突然抬起头说:我们这块新开了一个游泳池你们知道吗?老板是我们一个客户。

这事让大家兴奋起来,她们提议,每天下班后一起去畅游一个小时再回家,当即派人接通老板的电话,果然不出所料,老板决定对他们这个固定的团体票大打折扣。

他本来对游泳没啥兴趣的,这时也被撩起来了,有便宜占总是件让人愉快的事,何况她们还说:把小苹叫来,我们一起游,保证这个夏季过完了,你们就可以入洞房了。

这倒是个不错的主意,游完泳,一起去吃凉面,这样的约会多么充实,多么健康,还便宜。自那次成功的调度之后,他一直都没有迎来第二次,虽然他天天都不怀好意地静观事态,伺机出手,但一次都没有得逞。也许这个游泳池能第二次成全他的好事。

他打电话给小苹,她有点犹豫,最终还是勉强同意过来,但因为班次的原因,她只有周五才能加入他们,而且她强调她不大会游,只能在浅水区戏戏水。

同事们为他欢快鼓舞:不错啦,一周一次,关键是她不会游,这才是天赐良机。

他专门去买了款式最新的游泳裤、拖鞋,以及防水眼镜之类的全套装备,然后静等周五的到来。

计划这事的时候还是周二,一眨眼工夫,周五就来了。

小苹走进办事处的时候,他们刚刚送走押款车,一边收拾桌上的杂物,一边轻松地说笑。不知谁喊了声:来了!一起望向外面,小苹背着她永不离身的小挎包,小心翼翼地推开了玻璃门。

肯定是因为架不住同事们的目光,他看见她的脸腾地红了起来,当他拉开侧门走出去迎接她时,她的脸更红了,简直要滴出血来。他跟她单独相处时,从没见过她的脸红成这样。

我可以不去吗?我还不会游呢。

他猜她只是以这种方式表示一下谦虚而已,不然,又何必来呢?

他拽着她的手,把她引向同事们,正要一一介绍,同事们已开始起哄:早就知道你啦小苹,你们的一举一动我们都知道,你们看了哪些电影、哪些房子,我们都知道。

她的脸不红了,但笑意也在慢慢消失。他们一起叽叽喳喳往游泳馆方向走,小苹和他慢慢落在后面。

你不该跟她们讲我们的事情的。她责备地望了他一眼。

没有,没讲太多,只是她们问起来,简单地回应了一下而已。她们都是很好的人,我们在一起很多年了。

她再没说话,两人默默地跟在后面,与同事们隔着两米远的距离。他不知道是什么挡在他们和他的同事们之间,他开始纠结,他想紧走两步赶上他的同事,又觉得不应该丢下小苹一个人在后面,他不明白既然同事们那么热切地盼见到小苹,真见到了,为什么又淡淡的,一副无话可说的样子,小苹更是看也不朝她们看一眼,他夹在中间,两头为难。

小苹果然只想在浅水区玩玩,连闷水都不愿尝试,他觉得好笑:这跟站在浴缸里有什么区别?无聊地陪了她一会,小苹说:你去游吧,去找她们玩吧。

那我一会儿就回来。他如获大赦,一个潜游追了过去,等他冒出头来时,他已经站在同事们中间了。

她们一起朝他头上拍水:你这傻瓜!去陪你的女朋友啊,别让人家孤独啊。

他被她们拍得无法呼吸,就潜到水里,挠她们的大腿,她们尖叫着,四散游开。没多久,他们又聚在一处,有人提议,我们来比赛吧,一百米来回游。不用说,他是替她们计时的人,等她们比赛完了,那个游得最快的同事陪他再比一次。他得了第一名。她们叽里呱啦大叫时,他一眼看到小苹奇怪地站在一群孩子中间,原来那个区域是孩子们的专用地带,他只好游过去,再次劝说她到深水区来。

怕什么!有我保护你,我们那么多人都可以保护你。

他越是劝说,她越是后退,最后索性从水里爬出来,裹着浴巾坐到了休息椅上。

你去玩吧,我在这里看你们玩。

来都来了,干吗呀?走吧走吧。他上来掀开她的浴巾。

她猛地站起来,裹紧浴巾:烦不烦哪你这个人?我不想游怎么啦?我能坐在这里看着你游已经给了你天大的面子了。

她瞪着他,这是他们认识以来她第一次对他凶,他给镇住了。好吧,也许她是真的怕水,有些人注定一辈子都跟水亲密不起来。他悻悻地退回水池里,很快,水的拥抱让他忘掉了这点小小的不快,他重新快活起来。

一个同事游到他身边,问他:你还没把她拿下吗?

他抹一把脸上的水,豪气地回答:谁说的?早就拿下了。

拿下了她还这么生獠獠的?说明你没把她拿透,多拿几次。

他的兴致马上消了大半,自从那晚以后,他确实再没机会"拿"到过她,但他还是打起精神说:她没有生獠獠的,她只是不会游,有点害怕有点不好意思而已。

哼,当年我恋爱的时候,从没下过水,却被我男朋友拖到水池里玩了一下午,我一直都是骑在他身上玩的。告诉你吧,不把她"拿"透的话,她是不会跟你结婚的。

同事说完就游开了,他仰面躺在水上,开始觉得他和小苹之间有点问题,真的是他没"拿"透她吗?照目前这个趋势,如果不结婚,他基本没有机会"拿"透她,而他如果不"拿"透她,他们很可能结不了婚……

他决定跟她摊牌。

从游泳馆回去的路上,他说:不如我们现在就结婚吧,结了婚方便一点,我们暂时住在我家里,把买房子的钱拿来买车,或者我们先买房子,那你就得坐中巴车上下班。两种方案,你选一个。

她很痛快地说:我想想再答复你。

没有争执,也不像是推诿,但不知为什么,她的表现像是他们刚刚吵了一架,她心有不满,又不想表露,很克制地丢下他一去不回。真的就是这种感觉。

第二天,姑姑趁他午休时打了个电话来。

最近你们怎么样?姑姑直截了当地问。

唉!他决定向这个媒人倒倒苦水,让媒人去她那里探个虚实。姑姑,我怎么觉得怪怪的呢?就像有人在我们之间设了个温度,再怎么点火,再怎么加油,就那个温度。

你想怎么样?惊天动地泣鬼神?那不是长久之计,平平淡淡才是真。

似乎太平淡了。

好了,现在我要站在你的立场上替你说几句了,你要认识到你的优势,你是银行职工,收入高又稳定,你还有个优势,你是男的,就算你拖到四十岁,还可以找个二十七八的,女人就不一样啰,一般的女人哪敢拖到四十?

姑姑,你什么意思?小苹跟你说什么了吗?她要跟我分手吗?

她当然没跟我这么说。是我想跟你聊聊,我们借你刚才的话说,就算她跟你分手,也没什么了不起的,好姑娘多的是,不怕找不到,就怕不去找,既然我们已经开始找了,那就一定会找到最适合我们的那一个。每个人注定都有一个,不要急,着急忙慌,一碗清汤,安安心心,太太平平,好事才会找上门。

肯定是小苹跟你说了什么,姑姑你就实话告诉我吧,我受得了。

其实也没什么大不了的,她说你们性格上有差异,再走下去,对谁都不好。

干吗不直接跟我说呢?性格当然是有差异的,难道一定要遇上性格一模一样的人才能结婚?

要不,就算了吧,我再帮你找个更合适的。

跟姑姑刚一说完,他就给小苹打了个电话。

她的声音比他平时听到的更加冷静:我想你姑姑已经跟你说过了吧?我真的觉得我们不合适,除此之外,我没什么可说的了,希望你过得比我好。

无论他怎么追问,怎么央求,怎么急得直喘粗气,都不管用,她主意已定,比铁还要硬。

他特意请了一天假,也没通知她,直接来到她所在的那个小医院。他一定要知道分手的真正原因。

他到那里的时候,正好赶上她下夜班,她一边摘掉挺括的护士帽,一边飞快地走出大门。他正要叫她,一个男人从大门一侧闪了出来,在他前面率先接住了她,他们对望一眼,微笑着往前走去。

啊,原来是因为这个。他强忍着愤怒,悄悄跟了上去。

他们在一个早点铺停下来,要了一个门口的露天座,不一会,小笼包端上来了,汤也端上来了。他们开始吃的时候,他果断现身,坐在他们旁边的早餐桌上,大声点了一份早餐。

他一出声她就发现他了,脸唰地变得苍白。他冲她做了个噤声的手势。

她总算恢复了常态。他听见她对那个男人说:我想起来了,我还有点事交班时没讲清楚,你能不能先过去?我一会儿就过来。男人看了看表:只有一个多小时了。

没事,你先过去排队,我很快就来。

男人被她支走了,她起身往医院方向走,他不动声色地跟了过去。

男人拐弯看不见的时候,他追上去问:你们排队干什么?领结婚证吗?

少废话,我们时间有限,我不妨跟你直说,我们到头了,按照约定,我的任务完成了,所以我得撤了。

什么约定?什么任务?难道你是特工吗?他几乎笑了起来。

她却不笑,虎着脸瞪他:不要再问我为什么,不要再跟我多说一个字,去问你姑姑。

什么意思?他从没见过她这样的脸色,忍不住又想笑了:难不成我姑姑跟你有约定?

话刚说完,他感到自己腾地一下飘了起来。

不要再来了,一切都结束了。

她转身就走,似乎怕他追上去,她走得很快,一会儿就不见了踪影。

原地站了好一会,耳朵里嗡嗡作响。等那些响声消失后,他打通了姑姑的电话,让她马上到大门口来一下。他不喜欢医院的来苏水味儿,也不想在她办公室里大声说起那件事,他猜她也不想。

没过多久,姑姑匆匆忙忙跑了过来。

你就为这事连班都不上了?真有出息呀你!

她说到什么约定,你能不能给我解释一下?他那表情,只差揪住姑姑的衣领了。

什么约定?我不知道。

那我再去问她。他作势欲走。

姑姑揪住了他:……姑姑心疼你。

约定跟心疼有什么关系?

你的处境很不好你知道吗?你整天跟办事处那几个女人混在一起,没大没小,没遮没拦,二十七八的人,还想不起来去谈个恋爱,如鱼得水吧?乐不思蜀吧?我都替你急死了。你知道现在的小孩为什么不爱吃饭吗？因为他们整天都有零食吃，从不觉得饿，当然不想吃饭。你现在就像那些小孩。

他痴痴地望着姑姑，姑姑的话有点不好消化。

没事我走啦，里面还有手术等着我呢。

不行，你还没告诉我到底是什么约定呢。

咦？姑姑欲言又止。

姑姑的表情让他突然明白过来，垂在身体两侧的手指抽搐了几下，脸也跟着红了。

她居然会同意？她男朋友也同意？

当然不能让他知道。你把她带到家里去的第二天，我让她当上了护士长。这就是约定。

他的手指抽搐得更厉害了：姑姑，在你眼里，我就那么不堪吗？连找个女人都需要你出面安排？你以为我真的找不到女朋友吗？你以为每个人都像你那样喜欢恋爱喜欢结婚吗？

姑姑脸上变成他从未见过的神色，他知道他戳痛了她，她离过两次婚，不过现在总算过得比较平静。

你不能这么说，至少你们上床的时候还是蛮快活的吧？

说到上床，他索性问她：你们的约定里面有没有提到上床的次数？是不是约定了恋爱谈到上床为止？难怪有了第一次以后，她再也不肯了。他的眼泪不受控制地流了下来：姑姑，你为什么要这样侮辱我？你知道吗？我现在好想吐，我想把自己吐光，吐死。

姑姑只想让你做点你这个年纪该做的事,这个世界上,为你着想且付诸行动的,就只有我一个人而已。你还记得你的工作是怎么来的吗?

他当然记得,那是姑姑的第二个丈夫为他们这个大家庭所做的第一件事,那时他刚大专毕业,新姑父不惜一切代价帮他搞定了这份工作。

你只是我的姑姑而已,你是不是操心太多了,我妈都不急,你他妈瞎急个什么?

他看见她的眼泪呼地一下冒了出来,嘴唇一个劲地哆嗦,但他说顺嘴了,又接二连三说了好几个"他妈的"。她慢慢蹲了下去,像突然间犯了肚子疼的毛病。

骂够了,他就往中巴车站走,到了车站,他往医院的方向狠狠吐了口唾沫,上了车。

从医院回来后,他再没纠缠这事,也禁止自己再想这事。但他有了些小变化,他不再在她们换衣服时猛地推开更衣室的门,不再挤出时间为她们跑腿去买吃的,也不再跟她们去游泳。她们却要来撩他,一个说:失恋啦?他不吱声。另一个说:肯定是的。那个亲过他的大胸脯同事说:你又不是女人,还为这种事生闷气?此处不留爷,自有留爷处。知道我当年失恋的时候什么表现吗?我往他的单位写了封匿名信,狠狠地诽谤了他一顿。凭什么只有我一个人难受?我要让他也快活不成。实在心里有气,就要想办法把气出掉,不要闷在肚子里伤害自己。

他倒是有办法出气的,他可以把那个约定捅给她男朋友,可万一她男朋友拿着刀来砍他呢?话说回来,她男朋友其实也就是受害者,这样想一想先就心虚了。也许最可恨的人是姑姑,他想起来有一次姑姑上他的电脑,而他的电脑里正存着几部那种电影,姑姑一定在想,这没用的小子,谈不到女朋友,就用黄色电影来打发自己。是的,她肯定是这么想的,所以才会有那个狗屁约定,说到底,她就是在小看他,就是在欺负他,她以为离了她,他根本活不出个人样来,不错,她是在他找工作这件事上帮了忙,但那也不能招呼都不打就对他的人生动手动脚啊。

过了一会,又理智地批评自己:你不能受了别人的恩惠,还嫌这恩惠不对你的味口。他随手抓起一张空白单据,在上面写下了"恩惠"两个字。

去你的!他狠狠划掉了"恩惠"两个字,把纸都画破了。我并没求你给我这个恩惠,你这是粗暴干涉。

但是,你已经接受她的恩惠了,你每月都可以存点钱,你还打算买房子,你周围还有这么可爱的同事,你像一只蜜蜂,天天都在花丛中盘旋,你还笑纳了她送上来的女朋友……

他再次烦躁地在那张空白单据上狠狠画了两道。

一连几天,他都在糟糕的情绪中挣扎,同事们路过他身边,都要爱怜地摸摸他的头,拍拍他的肩,安慰这个失魂落魄的苦人儿。

有一天,同事带来一个好消息,他曾经看过的一个楼盘,因为城建计划的改变,价格应声而落。同事说:机会难得,先把房子搞定再说,以后结婚离婚,房子都是你的,谁也损害不了你。

他还联想到另一层内容,有了自己的房子,再谈恋爱就不用调度家里人,有了房子,等于开通了一条通向自由的道路。

可是还差钱,就算降了价,他的存款也还不够支付首期款。

借点吧,哪有买房不借钱的,但无人可借,哥哥姐姐都是正在还房贷的人,还要养小孩,恨不得找别人去借钱,想来想去,也就姑姑宽裕点儿,仅仅在他这里的开户,账上就有十万出头,但他也知道姑姑的脾气,她不喜欢跟亲戚发生经济往来。

可他刚刚骂过她,他后来统计过了,他一共当着她的面骂了五个"他妈的",姑姑都给他骂哭了。也许再过几天,他应该去跟姑姑道个歉,再伺机提提借钱的事,不多,就五万块,他完全可以在两三年内还清。

一个星期之内,他起码有五次想给姑姑打电话,但五次都是拿起电话又放下了。他想,这说明自己的气还没消,哪能这么快就消气呢?这样的奇耻大辱,没个三五年根本消化不了。

同事又来告诉他好消息了,有个人买了那个小区的房子,刚刚办完手续,家里发生变故,想马上原价卖掉,这可是个稍纵即逝的好机会。

几乎是怀着报仇的决心,他一咬牙,决定先下手了再说。

他模仿姑姑的笔迹填了张取款单,趁同事起身去接电话的功夫,飞快地拿过同事的印章,想也没想就摁了下去,与此同时,"自由之路"几个字在他脑子里轻轻跳跃起来。

从此以后,他就跟那个欺负他的人一样高了,跟所有看不起他的人一样高了,他35码的小鞋子一样可以走出大步流星的步伐,他下了班,可以回自己的家,而不是父母腾给他的一个小小巢穴,他可以重新去谈恋爱,就算丑点也没关系,看到他有工作有房子,她应该会感到高兴,人一高兴,丑也丑得喜气。

到了傍晚,押款车过来了,收拾好的钱箱拎出去了,他写的那张假传票也捆在里面一起送走了,它已经进入一个无法回转的窄小通道,义无反顾地往前走了。押款车关上门的一瞬间,他感到有什么东西像逼近的暮色一样,不可阻挡地朝他压了过来,他有点发蒙,这跟他偷盖同事印章的那一刻有点不同,那一刻他感到背上仿佛升出一双翅膀来。

同事笑嘻嘻地摸了摸他的脸:发什么呆呢?天哪,你的脸怎么像从冰柜里拿出来的?

另一个同事也笑着走过来:我摸摸,哇,真的是冰肌玉骨……

第三个同事也上来了:……清凉自无汗。

他突然觉得她们很像盘丝洞里的众妖精,没错,他就在盘丝洞里工作,别看这些妖精们此时此刻对着他笑,一旦某一天她们知道了那张传票,会立刻露出真面目。想到这里,他觉得那些缓缓逼近的东西更沉重了。

三年后,伪造客户存单去他行骗取贷款一事暴露,朱勇全被控制起来,一干人去办事处查账,查了一个星期,共查出三笔类似伪造业务。

姑姑是他最先见到的家属。他低着头,准备好接受她的大骂,诸如枉费我心血稀泥巴糊不上墙之类的,哪知姑姑根本没有骂他的意思,只是声音有点发颤。

怎么办?你以后可怎么办?

他倒没她那么绝望,只要收回那三笔贷款,只要不产生坏账,就算没有产生经济损失。当然,开除是一定的。不过银行到底好在哪里呢?他一直待在这个盘丝洞里,机关的大楼一年顶多去两次,一次全员大会,一次职代会,一年几千万的招待费,他一口都没吃过,除了盒饭,他只在为盘丝洞的妖精们效劳时吃过一些免费的街边小吃,所以对他来说,开除也不到天塌地陷的程度。

苦命的孩子!……是我的错,都是我的错。

他觉得奇怪,这跟姑姑有什么关系呢?

姑姑擦擦眼泪:你缺钱为什么不跟我说?还记得我在你这里存过一笔钱吗?那是我的私房钱,本来是准备给你上大学用的,但你那个大学没花什么钱,我就把剩下的全都给你拿来了。现在我正式告诉你,那笔钱从一开始就是为你准备的。

记忆库里有个火星亮了一下,他想他真是虱多不痒债多不愁呀,竟把那件事给忘了,原来他做了不止三笔,还有一笔,第一笔,因为姑姑一直没来取钱,所以一直没人发现。

这样算来,还真是姑姑的错呢,她用那个叫小苹的姑娘侮辱了他,他才愤而起了坏心,有了那个愤怒的坏心,才有那次不计后果的成功尝试,有了那次尝试,胆子才越玩越大。

姑姑慢慢冷静下来,湿润的眼睛怜爱地看着他,又深又长的双眼睑像两道相向而来的车辙。

事已至此,你也别想太多了,天塌下来还有我呢,我会竭尽全力帮你的。

她人真好,至少对他真好,比他父母对他还要好,好得多。他的目光久久停留在那对柔和舒展的双眼睑上,看着看着,他想起一件事来,他也有这种车辙一样的双眼睑,而他的哥哥姐姐都没有,他的爸妈也没有,他们都是地道的单眼皮。

他有点散神了,好一会才突兀地问她:你今年多大年纪?

姑姑说了个数字,他在心里算了一下,她比他大十八岁。

他的呼吸慢慢急促起来:十八岁那年,你过得怎样?

她的眼圈红了,却笑着说:不怎么样,那一年,我一直都在找一个可以上吊的钩子。

那你找到了吗?

找到了,刚一挂上去,它就断了。

两人不约而同地抿嘴一笑,抬起右手,毫无意义地擦了擦鼻尖。他在心里感叹:连笑起来都是如此相像。

后 记

出版小说集是件幸福的事,但我有时却会收获轻微的沮丧。

这种感觉有点像面对自己的衣橱,当你一件一件往家里淘的时候,收获的是一次又一次的欣喜,多么幸运啊,竟被我碰到了,竟找到了刚好合乎自己愿望与想象的东西,那种能飞起来的心情岂止"买一件新衣服能让自己开心二十七天",两个二十七天、三个二十七天都分摊不完,可某一天,当你打开衣橱,依然是不满足,原来自己的审美是如此的单一,如此的偏激,如此的经不起自我选拔。

是什么东西让我不再重视当初的喜悦了,时间?潮流?已然移位的眼光?还是新的永远是好的?

最终,小说集还是结起来了,如同关上衣橱后的我,还是以盛装的心情出现了。万物皆有命运,之所以再次选中它们,必定是它们在以某种特质吸引着我,呼唤着我,必定是它们自己有着不甘寂寞的心,有着在黑暗中独自生长的隐秘之力。

《一辣解千愁》共收录了我近年来创作的三个中篇:《红颜》《一辣解千愁》《辛丽华同学》,两个短篇:《止痛令》《十八岁那年,你过得怎样?》。五个故事分别讲述了五个女人,有陷于算计不能自拔的银行职员,有不谙世俗规则处处碰壁的局外人,有被孩子们的孝心绑架的母亲,还有残酷青春,以及为之付出代价后难以平静的暮年。她们不代表某个阶层,也不代表某个群落,她们是发展与繁荣背景下的个体的真相,她们是我们每一个人。

恰如其分的感觉总是倏忽即逝,我庆幸自己将她们从虚空中召唤出来,塑成有形的实体,我相信这样的诞生是有意义的,如同我们每个真实的生命一样。

2017 年 11 月 16 日